绒布小兔子困冬山居

〔美〕玛格丽·威廉斯 著
〔英〕威廉·尼科尔森 〔美〕凯特·塞迪 绘
邵丹丹 译

人民文学出版社
PEOPLE'S LITERATURE PUBLISHING HOUSE

图书在版编目(CIP)数据

绒布小兔子　困冬山居 /（美）玛格丽·威廉斯著；（英）威廉·尼科尔森，（美）凯特·塞迪绘；邵丹丹译. 北京：人民文学出版社，2025. --（99 国际大奖小说）.
ISBN 978-7-02-019175-8

Ⅰ. I712. 84

中国国家版本馆 CIP 数据核字第 2025SQ3477 号

责任编辑　**卜艳冰　杨　芹**
装帧设计　**汪佳诗**

出版发行　**人民文学出版社**
社　　址　**北京市朝内大街 166 号**
邮政编码　**100705**

印　　制　**安徽新华印刷股份有限公司**
经　　销　**全国新华书店等**

字　　数　**128 千字**
开　　本　**890 毫米×1240 毫米　1/32**
印　　张　**7.375**
版　　次　**2025 年 4 月北京第 1 版**
印　　次　**2025 年 4 月第 1 次印刷**

书　　号　**978-7-02-019175-8**
定　　价　**45.00 元**

如有印装质量问题，请与本社图书销售中心调换。电话：010 - 65233595

目 录

绒布小兔子

从前，有一只绒布小兔子。它特别漂亮，胖嘟嘟的缩成一团，看起来和真正的兔子一模一样。它的外套上有棕白相间的斑点，线胡须很像真的，耳朵的内衬是由粉红色的绒布缝制的。一个圣诞节的早上，绒布小兔子牢牢地坐到了小男孩的袜子里面，两只爪子抓着一根冬青枝，那样子看起来有趣极了！

袜子里还有坚果、橘子、杏仁巧克力、一辆玩具车和一只装有发条的玩具老鼠。但是，最受欢迎的无疑是小兔子，因为小男孩对它爱不释手，拿在手里玩了至少两个小时。要不是他的叔叔阿姨们在吃晚饭时抢着打开礼物，小男孩才不会因为看到了新礼物而兴奋得冷落了他的绒布小兔子呢！

有很长一段时间，小兔子要么待在玩具橱里，要么待在婴儿房的地板上，没有几个人会注意到它。它生来就很害羞，再加上只是绒布做的，所以总会受到一些昂贵玩具

的奚落。机械玩具太趾高气扬了，根本不把其他玩具放在眼里。它们有很多前卫的想法，总是装作自己是真实的。那只模型船也存活两年了，它身上大片的油漆都脱落了，就连它也懂得机器玩具的世界，从来不会错过任何一个可以用专业名词炫耀自己身上装置的机会。小兔子不会声称自己是什么模型，因为它根本不知道世上还有真兔子。它以为其他的兔子也和自己一样，浑身塞满了木屑。它也知道木屑太老土了，根本就不属于时尚圈。就连那只木头黏合的狮子蒂莫西都喜欢装腔作势，总是假装自己和政府有那么点儿关系。其实它是残疾军人制作的，本应该有更远大的志向。夹在这些机器玩具中间，可怜的小兔子总觉得自己是那么的卑微，那么的无足轻重。唯一真心待它的只有那只皮马了。

在婴儿房里生活最久的就是皮马了。皮马的棕色外套上有些地方已经磨秃了，露出了里面的缝线。尾巴也有很多毛被拽了下来，用来穿珠子项链。皮马很聪明，因为长久以来，它亲眼看到机械玩具刚来时是如何爱吹嘘和炫耀，后来又是如何一步步落到发条毁坏而最终被遗弃的！它知道这些机械玩具仅仅是玩具，是无法变成其他东西的。婴儿房是有魔力的，其中的新奇古怪只有像皮马这样年长又有经验的聪明玩具才能真正了解。

一天，绒布小兔子和皮马并排躺在婴儿房里，娜娜还没有过来整理房间。绒布小兔子问道："什么是真实的呢？一个真实的东西，它的体内是不是会嗡嗡响？是不是会有一个凸出的把手？"

"真实并不是制造出来的，"皮马说，"它会自然而然地发生在你身上。当一个小孩子喜欢你很久很久，并且是发自内心的喜欢，而不仅仅是和你玩耍的时候才喜欢你，你就会变成真实的。"

"那样会受伤吗？"小兔子问。

"有时会啊，"老皮马如实回答，因为它一直都很诚实，"当你变成了真实的时候，你就不会在意受伤了。"

"是会像上紧发条一样只疼一下，"小兔子问，"还是会一点儿一点儿地一直疼呢？"

"疼痛并不会马上结束啊！"皮马说，"它会持续很长时间，直到你彻底成为真实的。这也是为什么这种改变不会发生在那些脆弱的、尖锐的和需要被悉心照料的人身上。通常，当你变得真实的时候，你大部分的毛发会脱落，眼睛会坏掉，浑身会变得松散、破旧不堪。但是这一点儿也不重要，因为你一旦变成真实的，就是美的，只有那些不懂的人才看不到你的美。"

"那你应该是真实的吧？"小兔子问。问出这句话后，小兔子就后悔了，因为它觉得皮马听到自己问这个问题会不高兴的。但是老皮马只是笑了笑。

“是小男孩的叔叔把我变成了真实的，”它说，“那是很多年以前的事情了；但是，一旦变成真实的，你就回不去了，你会一直是真实的。”

小兔子长叹了口气。它想，这种“真实的魔法”要发生在自己身上还早着呢！它多么渴望变成真实的啊！它想知道那会是什么样的感觉；但是一想到会变得破旧不堪，一想到会失去眼睛和胡须，它又感到很伤心。它多么希望这些都不用发生，自己就能变成真实的啊！

婴儿房的保姆叫娜娜。有时候她看都不看一眼横七竖八躺着的玩具，但有时候她又不知是怎么了，着了魔似的把它们扔进橱窗里。她把自己的这种行为称为“收拾屋子”。所有的玩具都很讨厌她，尤其是那些罐子。小兔子倒没什么感觉，因为不管被扔到哪里，都无法弄疼它。

一天晚上，小男孩睡觉时，找不到天天陪伴他的小瓷狗了。娜娜非常忙，觉得在这个时间去给小男孩找小瓷狗实在是太麻烦了。所以，她向四周看了看，正好看见玩具橱窗是开着的，于是迅速走了过去。

“这儿，”她说，“这儿有你的老朋友小兔子！它会陪你睡觉！”说着，她抓住了绒布小兔子的一只耳朵把它揪了出来，放到了小男孩的臂弯里。

从那晚开始，以后的许多个夜晚，绒布小兔子就睡在了小男孩的床上。一开始，它感觉很不适应，因为小男孩总是把它搂得很紧，有时还会抱着它翻身；有时候又会将它推得好远，或者是把它压在枕头下，甚至弄得它无法呼吸。它怀念那些待在婴儿房的夜晚。那时候整个房间都很安静，它多么想再和皮马聊聊天！但是，渐渐地，小兔子喜欢上了现在的生活，因为小男孩也会和它聊天，还会帮它在被褥下搭建漂亮的隧道，而且小男孩说那和真兔子住的洞穴没什么两样！当娜娜走开去吃晚饭的时候，他们会在一起小声地玩游戏，特别开心。壁炉里一直闪烁着明亮的光。小男孩进入梦乡后，小兔子会紧紧地依偎在他温暖的小下巴下，慢慢进入梦乡。小男孩整整一夜都会搂着它。

日子一天天过去了，小兔子是那么的开心——它从来没有注意到自己身上美丽的绒布在一天天变旧，尾巴开了线，粉红色的鼻子已被小男孩亲吻得褪了色。

春天来了，小男孩和小兔子整日在花园里玩耍，形影不离。小兔子会骑手推车，会在草地上野餐，花境后面的木莓藤下还有为它搭建的可爱漂亮的小窝呢！有时，小男孩会被突然叫去吃饭而来不及带上小兔子，小兔子就只能孤独地在草坪上等着。直到太阳下山很久，娜娜才会端着蜡烛过来找它，因为小男孩离开它就睡不着觉。那时它浑身上下早就被露水打湿了，而且还沾满了土，因为它钻进了小男孩在花圃给它挖的洞穴里。看到它浑身湿乎乎脏兮兮的，娜娜一边用围裙的一角擦干净小兔子，一边嘟囔着：

“非得要你的小兔子！”她说，“你也太宝贝这个玩具了！”

“快把它给我！”小男孩说，“你不能那样说它，它不是玩具，它是真的！”

听到这句话，小兔子别提有多高兴了，因为它知道皮马告诉自己的话终于变成现实了。婴儿房的魔力真的发生在自己身上了，自己再也不是一个玩具，而是真实的了。这可是小男孩亲口说的。

那晚，小兔子高兴得都没睡着觉，它小小的木屑填充的心里燃起了爱的火花，就连很久以前用靴子上失去光泽的纽扣做的眼睛，也散发出了智慧和美丽的光芒。娜娜第二天早晨捡起它时发现了它和之前不同，感慨道：“我敢说这只兔子今天的表情有点儿不一样！”

那真是一个美妙的夏天！

他们的房子旁边有一座森林。在那个漫长的夏天的傍晚，小男孩喜欢晚饭后带上小兔子去那里玩耍。小男孩太善良了，他可不忍心看到自己的小兔子不舒服！所以，每次去树林里摘花或是玩丛林大盗游戏前，小男孩都会在凤尾草里给小兔子搭个小窝，这样小兔子就可以舒服地待在里面啦。一天晚上，小兔子躺在小窝里，看着蚂蚁在自己的绒布爪子间来回穿梭，这时，它看见两个奇怪的东西从旁边高高的凤尾草里偷偷地溜了出来。

原来是两只和自己一样的兔子，但是它们浑身毛茸茸的，而且还是崭新的。小兔子想它们肯定是高档玩具，因为都看不到它们身上的缝合线，而且它们走起路来的样子特别奇怪：前一秒还是长长瘦瘦的，后一秒就胖乎乎地缩成一团了，完全不像自己一直保持着一个姿势。这时，那两只兔子轻轻地踩在草地上，蹑手蹑脚地向小兔子走过来，还耸了耸鼻子。小兔子努力地观察它们身上有没有安装发条装置，因为它知道会跳的玩具上有人类装的发条。但是竟然什么也没找到，看来它们真的是一种新兔子！

那两只野兔子和小兔子互相盯着对方，两只野兔子还不停地耸着鼻子。

“你为什么不站起来和我们一起玩呢？”其中一只野兔子问。

“我不想玩啊。”小兔子说，它可不想告诉别人自己身上没有发条。

“哈！”毛茸茸的野兔子说，“站起来可太简单了。”说着，它向一边跳了一大步，后腿直立了起来。

“我敢说你不会！”另一只野兔子接着说。

“我会！”小兔子说，“谁都不如我跳得高。”其实它是说小男孩可以把它扔得很高，但它又不想这么说。

“那你会用后腿跳吗？”毛茸茸的野兔子问。

这对绒布小兔子来说可真是一个残忍的问题，因为它

压根就没有后腿！它身体的后半部分被缝在了一起，就像一个针垫，所以它只能死死地坐在小窝里，一动不能动。它生怕另一只兔子发现自己没有后腿。

“我不想跳！”绒布小兔子又说了一次。

但是野兔子都是火眼金睛啊，那只野兔子探出自己的脑袋，向小兔子看去。

“它没有后腿！”野兔子大叫，“真难想象竟然有兔子没有后腿！”然后它就大笑了起来。

“我有！”小兔子急哭了，“谁说我没有后腿！我坐在它们上面呢！”

“那就伸出来让我们看看啊，就像这样！”那只野兔子说完就转起圈跳起舞来了，直到把小兔子都转晕了。

“我不喜欢跳舞，”小兔子说，“我更喜欢待着不动！”

但是，一直以来小兔子都渴望跳舞，那种有趣、新鲜、让它心里痒痒的感觉，一直充斥它的内心。它觉得只要自己能像这些兔子一样跳舞，它愿意付出一切！

这只“奇怪”的野兔子不跳了，它向小兔子靠了过来。这一次它离小兔子太近了，长长的胡须都碰到了绒布小兔子的耳朵。这时，这只野兔子突然皱了皱鼻子，支起了耳朵，然后向后退了几步。

“它闻起来也不对劲！”野兔子大叫，“它不是真兔子！它不是真的！”

“我是真的！”小兔子说，“我是真的！小男孩都说我是真的！”小兔子都快要哭出来了。

就在这时，一阵脚步声传来了。是小男孩向它们走了过来。只见他一跺脚，两只野兔子雪白的尾巴一闪就不见了。

“快回来和我一起玩！”小兔子叫道，“你们快回来吧！我知道我是真的！”

但是没有回应，只有小蚂蚁爬来爬去，那两只野兔子经过的地方凤尾草在微微地摆动，只剩下孤孤单单的小兔子。

“真是不可思议！”它想，“它们为什么跑掉了呢？它们为什么不留下来和我一起聊天呢？”

小兔子独自躺了很久，眼睛盯着凤尾草。它多么希望它们回来啊。但是它们再也没有回来。这时，太阳开始落山了，白色的小蛾子都飞了出来，小男孩走过来，带着小兔子回家了。

又过去了几周，小兔子变得更老更旧了，但是小男孩对它的爱只多不减。他是如此爱着小兔子，尽管它的胡须已经脱落，耳朵里粉红色的内衬已经变成灰色，身上棕色的斑点也已经褪色。它甚至都变形了，除了小男孩，别人很难看出它是一只兔子。但是，在小男孩的眼里，它一直都很美丽，小兔子在乎的也只有小男孩对它的看法。它完全不介意别人怎么看它，因为婴儿房的魔力已经让它变成真实的了。当变成真实的之后，破旧就不重要了。

但是，有一天，小男孩病了。

他的小脸通红通红的，夜里还胡言乱语，浑身滚烫。小兔子靠近他时，感觉自己都要被烫伤了！婴儿房里，一些奇奇怪怪的人进进出出，屋里的灯整夜地亮着。小兔子能做的就是静静地躲在被子里，生怕别人看见它。它一点儿也不闹，因为它知道一旦被别人发现，它就会被带走，它知道小男孩多么离不开它啊！

那段时间对小兔子来说真是度日如年啊！小男孩生病后，小兔子发现每天都是那么无趣，什么也做不了。但是，它还是耐心地依偎在小男孩身边，盼着小男孩快点儿好起来。这样，他们就可以像以前一样去花园里和花儿、蝴蝶玩耍，就可以在木莓丛中玩有趣的游戏了。小兔子已经计划好了所有有趣的事情。所以，当小男孩稍微清醒时，小兔子就会悄悄地爬向枕头旁，凑到小男孩耳朵上告诉他这些计划。不久，小男孩的烧退了，身体渐渐恢复了。他已经可以坐在床上看图画书了，这时，小兔子会紧紧地依偎在他的身边。直到有一天，他们说小男孩可以穿衣服起床了。

那是一个阳光明媚的早上，窗户敞开着。他们把小男孩抱到了阳台上，身上裹着披风。小兔子躺在乱成一团的被子里，苦思冥想着。

小男孩明天要去海边，所有的行程都安排妥当了，小

男孩要做的就是乖乖地听医生的话。大人们讨论这些时，小兔子就躺在被子里，偷偷露出头，听他们说了些什么。他们要对房间进行消毒，要把小男孩床上所有的书和玩过的玩具都烧掉！

“万岁！”小兔子心里欢呼雀跃着，“明天我们就能去海边了呢！”因为小男孩过去经常跟它提到海边，小兔子多想看看大浪冲过来的样子啊，多想看一眼小小的螃蟹，看一看用沙子堆起来的城堡！

就在这个时候，娜娜看到了它。

“怎么处理这只老兔子呢？”她问。

“那个吗？”医生说，“这还用问！它浑身都有猩红热病毒！——现在就烧了它。竟然问这个，简直是废话！再买一个新的不就行了。这个绝不能留着！”

随后，小兔子就被扔进了麻布袋里，和破旧的图画书、一堆垃圾待在了一起。它们一同被扔到了家禽圈后面的花园里，而且还被扔在了最里面。那个地方很适合点火，要不是太忙，园丁早把它们烧了。那会儿园丁正在忙着挖土豆、摘青豌豆。但是，他保证第二天一早就会把这个麻布袋烧了。

那晚，小男孩睡在了另一个房间里，陪他一起睡觉的是另一只新的小兔子。那只新兔子很漂亮，浑身上下都是长绒毛，还戴着玻璃眼镜。但是小男孩太兴奋了，他压根没有注意到这些。因为明天他就要去海边了，这对他来说是多么激动人心的一件事情啊，他哪里还会想到其他事情呢！

小男孩进入了梦乡，梦里都是去海边玩耍。可怜的小兔子此时却孤独地和那堆破旧的书在一起，躺在家禽圈后面的角落里。看到麻布袋的口开着，小兔子稍微蠕动了一下身子，把头探出了布袋向外张望。小兔子打了个寒战，要知道它已经习惯了睡在舒适的床上。可是现在呢，它的外套早就因为小男孩的拥抱而被磨得又薄又旧，根本没法再遮风挡雨了。它看到了不远处的灌木丛，那些木莓藤长得真高，一棵挨着一棵，像极了热带丛林！小兔子和小男孩过去经常是早上在这些树荫下玩耍的。它还想起了阳光明媚的时候和小男孩一起在花园里玩耍的快乐时光，那时候他们多快乐啊！想到这里，一股莫名的悲伤涌上了小兔子的心头。因为它意识到那些事情一件比一件美好，而那一切都已经过去了：花床下漂亮的小屋、躺在树林中凤尾草里的每一个安静的傍晚、小蚂蚁从自己的爪子间爬过，还有它第一次知道自己是真实的那天，那时是多么的快乐！它想到了皮马，它真聪明，还那么体贴温柔，把会发生的一切早早告诉了自己。如果一切就这样结束的话，最终变成真实的又有什么用呢？这时，一滴眼泪——一滴真实的眼泪，从绒布小兔子破旧的绒布鼻子处滑落下来，掉

入了土壤里。

就在这时，一件奇怪的事情发生了。眼泪滴落的地方长出了一朵花，一朵非常神秘的花。这朵花和花园里的所有花都不一样：它的绿叶是细长的，像极了绿宝石，叶子中间开出的那朵花很像一只金色的茶杯。这朵花太美了，小兔子看得出了神，竟忘记了哭泣。不一会儿，花开了，从里面跳出来一个小精灵。

她是世界上最可爱的精灵。她的裙子是珍珠和露珠做的，脖子和头发上都戴着花朵，她的小脸像是最美丽的花朵。小精灵向小兔子走了过来，把它抱入了臂弯，还亲了亲小兔子的鼻子，那鼻子早就被眼泪弄得湿乎乎的了！

“小兔子，”她说，“你知道我是谁吗？”

小兔子抬起头看了看她，感觉自己以前好像在哪里见过她，但是又记不起来了。

“我是婴儿房里的魔法精灵，”她说，“我负责掌管所有小男孩喜欢的玩具。当它们变得又老又破，小男孩不再需要它们时，我就会出现，然后把它们带走，再把它们变成真实的。”

“我不是已经变成真实的了吗？”小兔子问。

“以前只有小男孩觉得你是真实的，”精灵说，“因为他爱你。现在所有人都觉得你是真的啦。”

说着，她抱紧了小兔子，飞向了树林里。

这时，月亮已经升起来了，天空很明亮。树林里的一切都很美，凤尾草的叶子闪闪发光，好像是结了霜的银币。树干间的空地里，野兔子随着影子在绒毛般的草地上翩翩起舞。但它们看到精灵时都停了下来，围成了一个圈，盯着她看。

“我给你们带来了一个新伙伴，”精灵说，“你们必须好好对待它，教会它兔子世界的规则，因为它将永永远远地和你们一起生活啦！”

说着，她又亲了亲小兔子，把它放了下来。

“快去和它们一起玩，小兔子！”她说。

但是，小兔子还是一动不动地坐了好一会儿。因为看见那些野兔子围着自己跳舞时，它想到了自己的后腿。它可不想让它们看到自己的后面是长在一起的。它还不知道精灵刚才亲吻它时，它的一切都已经改变了。要不是因为有什么东西弄痒了它的鼻子，它下意识地伸出后脚去挠，它可能还会继续坐在那儿，不好意思动一下呢。

这时，小兔子才意识到自己真的有后腿！它身上也不再是脏兮兮的绒布了，而是棕色的毛皮，软软乎乎的，很有光泽呢。就连耳朵也可以动啦。它发现自己的胡须真的好长，都能碰到草地了。小兔子跳了一下，它太高兴自己也能用后腿跳了，所以它在草地上跳来跳去，像别的兔子一样转起圈来。小兔子兴奋了好一会儿才停了下来，再寻找精灵时，发现她已经不见了。

最后，绒布小兔子变成了真兔子，和其他兔子生活在了一起。

秋天和冬天很快就过去了，转眼间春天来了。天气渐渐暖和了，阳光明媚，小男孩去房子旁边的树林玩耍。他看到两只小兔子从凤尾草中蹑手蹑脚地爬了出来，在偷偷地看着他。其中一只全身都是棕色的，另一只毛皮下的标记很奇怪，好像很久以前身上有斑点、直到现在还隐约可见，它小小的柔软的鼻子和圆圆的黑眼睛也好像在哪里见过。小男孩心里嘀咕着：

“为什么它看起来那么像我生病时弄丢的老朋友小兔子呢！”

但是，小男孩永远都不会知道，它正是自己以前的绒布小兔子，它是回来看看赋予自己生命的小男孩的。

困冬山居

第一章　住在山腰的一家

凯伊费了半天工夫才找到颜料盒，但颜料早就已经干了。看到这种情况，凯伊只好放弃了作画的念头。她叹了口气坐下来，向窗外望去，脑海中勾勒着十月份的山腰的线条，还有树木和树枝的形状。房子外面有一个小花园，里面种着百日菊和金盏花。还有一个堤岸，那可是在酷热的八月，盖里花了整整一个月的时间用牧场拖运过来的大石头搭建成的。山坡逐渐消失在灰色的石头和红色的漆树中。透过第二层围墙只能看到一棵沧桑的老胡桃树，残留在树枝上面的黄树叶随风飘动着，与蓝色的天空交相辉映。再往下看便是弯弯曲曲的道路了。蜿蜒的山路后面除了丘陵还是丘陵。在这个季节，漫山遍野都是红色和紫色的海洋。凯伊想，要是真有人能把所有这些美景都画得栩栩如生就好了，而不是漫不经心地这里描一笔那里画一笔。

不过这件事对凯伊来说可没有那么简单，因为她经常手不从眼。她能够欣赏自己看到的事物，也能感受到它们美在哪里。但当她画出来让别人看时，就完全不是那么回事了，效果总是令人失望。盖里更是如此，甚至连只猫都不会画！她除了从心底崇拜姐姐凯伊所做的事情之外，对画画一点儿兴趣都没有。但她能用握在自己黝黑的手里的铅笔头画出一头牛的样子，还有牛的骨架结构。她的画粗糙笨拙，甚至没人能看懂。因为盖里对东西长成什么样并不感兴趣，她更关心的是它们是怎样被制作的，或者是怎样生长的。她知道树的根是深深扎入土壤中，而不是仅仅长在表层的；她还知道牛的腿其实和树干的作用是一样的，支撑了整个身体的重量。在这方面，盖里完全继承了爸爸的基因，她能够轻易地辨认出一些挖出来的骨骼属于哪种动物。

凯伊在艺术学校学了一年，她开始意识到，与喜欢画画相比，要成为一名艺术家可不是一件简单的事。况且今年冬天自己只能自学，这似乎难上加难了。因为她有许多其他的事情要做，所以只能放弃在艺术学校的学习。她感觉十九岁这一年，时间似乎是飞逝而过，哪怕一个月或一天都是那么宝贵，只能用来做自己最想做的事情。时间好像在推着人不断地往前走，连一分钟都不能浪费。马丁和小卡洛琳[①]都还好，他们还小，就连十六岁的盖里似乎也没有她那样的感觉，或许盖里永远不会有，因为她做事情时看上去总是很轻松，就算在非常努力地工作时看起来也不吃力。但是凯伊是

① 为了和埃利斯家的卡洛琳表姐区分，所以埃利斯家的小女儿被称为小卡洛琳。

个没有耐心的人，这可以从她的一言一行、纤细的体格，还有许多自己已察觉或未曾察觉的地方看出来。

一个高挑的年轻身影从窗外经过，那是个穿着一身蓝色粗棉布的人。不一会儿，那人走进了屋子，原来是盖里。她停了下来，将抱在怀里的新木头放在了炉子旁。

“今晚会变冷，想都不用想，肯定会结霜的。妈妈说了她什么时候回来吗？”

“不要指望她会很早回来。她说如果东西多的话，会让埃德娜开车送她回来。”

埃利斯一家很少去小镇上购物，因为他们离小镇有九英里[①]远。但是只要去购物，他们就会买很多的东西，多到根本无法乘公交车将这些东西搬回家。

“今晚吃什么？”盖里问。

“除非妈妈买了吃的，不然我们就吃面包、黄油，还有炸鱼饼。”

“妈妈应该快回来了，我们可以边喝茶边等她。我的育苗箱已经竣工了，希望妈妈还记得要帮我带油灰回来。”

“他们俩应该也快到家了。”凯伊说，“你注意到了吗，盖里？校车老早就去接学生了。”

“他们在罗德家里看小牛崽呢。”盖里的声音从厨房传了

---

① 1英里约等于1.6千米。

出来，盖住了抽水机和水壶“哗啦啦”的水声，“那头小牛超级可爱，浑身红扑扑的，身上只有一处白点，还有一只蹄子也是白色的。”说着，盖里点燃了煤油炉开始烧水，然后又回到客厅等着水烧开。“住在乡下要去购物真是件麻烦事。”她继续说，一边松了松炉子里的木头，好让火更旺一些。其实她脑子里还在想着自己的育苗箱和那未上色的门框。“不是只想想眼下要什么就够了，你得提前几周就想好可能会需要的所有东西。还有一件事，即使你有钱也没地方花。我刚才还从去年穿过的外套里找到了五十美分呢。我想可以买大白菜种子了，以后我们家还得靠这个活着呢。”

“最好还是在你的裤子的膝盖处打上补丁，”凯伊说，“如果你真的打算整天就这么穿的话。”

盖里用一只还沾着土的手指抠了抠裤子膝盖处的破洞。“这衣服穿很久了，它可是我辛勤劳作的证明啊。但是我只有这么一件能穿的衣服，所以你别抱怨了。如果我的身材和你一样，我可能还会打扮打扮。你还记得上次我发神经花了很多钱买的那件印花乔其纱衣服吗？想想我穿上后是多么难看！”

凯伊笑了起来。“确实是这样，你说得太对了，你穿带花边的衣服是不怎么好看。你压根就不适合那种风格。但是，我想为你设计适合你穿的衣服，让你穿上也光彩照人。”凯伊的眼睛眯成了一条线。每当这时，全家人都会大嚷起来："快看，凯伊的眼睛又那样眯着了！"

"棕色的绒布……"凯伊开始研究起盖里来了：挺拔的鼻梁，凌乱的短发虽然不是红色，却是成熟的栗色。"如果你愿意的话，给你做一件看起来很普通却裁剪考究的衣服怎么样？就像击剑服一样。"

"西尔斯罗巴克公司早就设计出来了，只不过他们只有裤子。所以我只需要两块五毛钱就能变优雅了。可怜的凯伊，我知道你为了让全家人穿上紫色的亚麻布衣服都心力交瘁了！"

"嗯，我不知道为什么有些人因为自己住在乡下就对自己的穿着完全不在意。"凯伊反驳道，并且看了看自己的双手，虽然整日做家务，但依然保养得很好。没有什么可以破坏凯伊的双手，它们是那么纤细修长，不像盖里的手结实又粗糙，感觉像是干了很多活儿，整日在土里劳作一样。"如果你一天只花上十分钟的话，盖里……"

"你说起话来真的是一本正经！我梳头发啊——好吧，虽然是偶尔——我也刷牙啊。从来没有哪个帅气的男孩跑到我面前跟我说：'我最亲爱的！我最喜欢的就是你的双手了！快点儿告诉我，你是怎么保养你的纤纤玉指的。'天哪，我还烧着水呢！"

不一会儿，盖里便端着两个杯子回来了。一个是白色的矮杯子，另一个是凯伊的，杯子上还印着漂亮的花朵，那些可是被盖里称为“我们的繁荣时代”的幸存物呢！

“我真觉得，”盖里边说边坐在了扶手椅上，“我们家下决心坚持住在这儿真是毅力非凡啊。虽然我一直都很想在乡下过一次冬，让我们几个孩子都能享受自己的美好生活。但我还是同意妈妈回到小镇上找个便宜房子的想法。因为今年冬天肯定超级冷，在乡下我们会被冻死的。还记得我们在春天看到的那些糟糕的地方吗？当时卡洛琳表姐还觉得那里很不错，适合我们居住。难道就因为她觉得好，我们就非要节衣缩食？我们的租约到期时，能够找到这样的房子过夏天真是打着灯笼都找不到的好事，况且我们也带来了自己的一部分东西，让这幢房子现在看起来真的还不错。”

“你说，只要我们一直住在这儿，我们那个神秘的房东会不会承担一部分的涂料和墙纸的费用呢？”凯伊问，“你觉得我们问问他合适吗？”

“不好说。”盖里回答，“他应该是个古怪的人。我们第一次来这里时，中介告诉我们除非房东需要再用这幢房子，否则这房子会一直出租，但必须是年租。尼尔·罗德告诉我，这一片都属于房东，这也是为什么这附近其他地方没有被开发的原因。因为房东只出租房子，除了修缮，谁也不能对这幢房子进行任何改动。中介告诉妈妈，只要完成了对这里的大片土地的整修，他们就会拆了这幢小房子，或者是将它改为客房。但是，这可能是明年的事情了。”

“要是把这小房子拆了就太可惜了，我只想他们对房子内部进行修整。”

凯伊环顾了一下这幢温馨的房子内部，她花费在上面的精力真是不少呢！墙纸已经破碎不堪了，黄色的墙面让她心神不宁。白色的老木板非常漂亮，但是有一些裂开的缝隙经常渗水，而且到了冬天，还会有寒风进来。因为他们从小镇上搬来的家具快要运到了，所以他们打算把那些用了一个夏天的旧得不能再用的家具扔到阁楼上。那个蓝色的喷了漆的老橱柜除外，他们把它从厨房搬到了两扇窗户中间，上面还放着一个很大的产于中国的碗。如果那些桌椅板凳还有矮沙发不是美国早期生产的，凯伊早就爱上它们了。因为它们看起来简单大方，搭配印花棉的窗帘与黄色的墙再合适不过了。但是，凯伊最喜爱的还是那个壁炉。壁炉既宽又高，还有朴素的壁炉板和石质内壁，而另一侧放着的烤箱可以称得上是真正的荷兰烤箱了。没有哪一个房间比这个有壁炉的房间更讨人喜欢了。每次走进这间屋子，凯伊的目光就再也不能从这个壁炉上移开，满眼的欢欣雀跃，这也抚慰了她即将在这幢房子过冬的受伤心灵。因为凯伊从骨子里就不是一个乡下人，虽然她喜欢蓝天和山林，但她对城市生活和物质的依赖要远远超出盖里和她的另外两个弟弟妹妹。对凯伊来说，住在这里的日子有时真的很难熬，生活空虚而又乏味。没有画展、舞会，没有音乐会、戏剧和新电影，更别说还不能时不时拜访一下周围的朋友了。在这里，她能做的只有看书，而那些书早已不知被她翻了多少遍。凯伊追寻她所谓的“文明”，对她来说文明就是画展、舞会之类的东西。这个冬天不会有多少观看戏剧或者是听音乐会的机会了，除了有时候凯莉表姐会以非常冠冕堂皇的理由给他们带来一些枯燥无比的戏剧和音乐会的门票，就像偶尔把她的衣服给“可怜的艾米丽”和其他孩子一样。不过，那些虽然很枯燥，但至少能有观看的机会。这样她感觉自己离“文明”之类的事情又近了一步。虽然不知怎样融入，但至少知道发生了什么。

盖里有一项独特的技能，她总是能猜到别人在想什么。她说：“凯伊，你肯定过得最痛苦了，你肯定会想念艺术馆、展览这些东西的！”

“肯定不会一直这样啊，虽然我过去一直想跟上社团课程的步伐，但是做一些我自己力所能及的事可能会更好，而不是看别人在做什么，让他们的做法打击自己或是扰乱自己。”凯伊真诚地说，连她自己也没有意识到是什么时候有了这种想法。因为以前每次看完画展后，凯伊都满腔热情，立志要做些什么，就像在画展上看到的那样，至少她是这么想的。“不管怎样，爸爸至少应该为自己想做的工作争取一次机会，而不是担心我们在家里过得怎么样。他之前从来没有这样的机会啊，真是多亏妈妈劝他尝试一下，在他还没来得及改变主意之前就催他离开了。”

“对啊，亲爱的，紧急通知有时是件好事！”盖里对姐姐的话表示赞同，“如果有人在爸爸出发前的三周而不是前五天生病，那么他肯定又会考虑很久。他这辈子一直希望有这样一份工作，幸亏没有时间思考是否拒绝这份工作，不然就错过了这唯一的机会。我觉得人就应该大胆地往前走，而不是一直担心这担心那。这样才能把事情做好。爸爸妈妈更应该这样。如果你拒绝了一次非常难得的机会，就因为你认为它会和别的事情有冲突，到头来你会发现，其实你完全可以把所有的事情都做好。就像爸爸被通知去亚洲时，马丁正好得了伤寒一样。科学家就不该有家庭，如果有的话也应该忘记，起码是暂时忘记，我希望爸爸从现在开始忘记我们。”

“爸爸担心的是自己赚的没花的多。但是如果这次我们能把所有的事情都处理好的话，下次再有机会时，他就能放心地去了。我真希望他们也需要艺术家，虽然我知道应该不会需要这种职业。”凯伊叹了口气。

“你肯定是希望在大自然里获得进步，你想把所有事情都融入调和的色彩中！”这时，一阵欢快的汽车鸣笛声从山脚响起，盖里大喊着“肯定是埃德娜来了”，便跑向了门外。

埃德娜还有一个名字，但是从来没有用过。埃利斯一家搬来的时候就是她去车站接的，从那天开始，埃德娜对埃利斯一家的帮助就没有停止过。虽然她是这一片唯一的一位女司机，但是其他司机压根就没法和她竞争。而且他们对埃德娜的评价也不错，每当她经过时，他们都会热情地和她打招呼。埃德娜很精明，她多多少少也有自己的乘客圈子。在小镇的几英里外有一片湖，湖边有一两家夏日旅馆，还有一些老式的安静的公寓，上了年纪的老妇人都喜欢待在那儿，而且每年都去。这些人都喜欢让埃德娜当她们的司机，因为她开车非常小心，从来不会急急匆匆。通过向这些老妈妈（埃德娜都这么称呼她们）提供服务，埃德娜整个夏天都没闲过。“她们之所以喜欢我，”她说，“是因为我开车时尽量让她们感到舒适，不会让她们感到颠簸。”埃德娜自己妈妈的年纪和她们差不多，所以她很了解这些老人。除了这些老妈妈，她偶尔也会载别的乘客，但绝对不会抢其他司机的常客（这也是其他司机经常会帮助她的原因）。埃德娜会载客人到小镇购物，再把客人送回家。如果需要她帮忙购物，她也会非常乐意，每逛一家店收十美分。她很乐意别人找她帮忙，包括住在湖岸边旅馆的黑人女仆，她也会很乐意大晚上载她们去看电影。“那些女孩都很好，”埃德娜说，“其他司机都不想载她们，所以她们没法进进出出，也没有钱付高昂的车费。所以我让她们一起上我的车，再提前十五分钟把她们送回来。如果我的那些老妈妈知道了，她们肯定会大吃一惊。但是没关系，她们晚上从来不会出门。”

从外表根本看不出埃德娜的年龄。似乎十年前十年后她都是现在这个模样。她是土生土长的新英格兰人，说话很快，幽默风趣，还有着精明的生意头脑。埃德娜不仅仅是个司机，方圆十里八村就没有她不知道的事情，路过某些房子时，她通常还会按一按汽车喇叭。她的中间名是高西普（意思是八卦），她总是能讲一堆有趣的故事，没有哪件稀奇古怪的事情会被她落下。盖里和弟弟妹妹们最喜欢搭埃德娜的车了，尤其是在天黑后坐她的车回家。埃德娜开车时眼神一直很犀利，有时讲着讲着故事，她会突然来一句：“河岸那边有一只狐狸，快向我打光的地方看！”这时，她会迅速将方向盘转向另一边再迅速转回来。透过闪亮的灯光，大家会看到有一只狐狸站在她说的地方，抬着一只爪子。黑暗中，狐狸的眼睛直勾勾地盯着大家。

更小的两位——十二岁的马丁和小卡洛琳听到埃德娜来了，也从罗德家的院子里跑了出来。罗德家的院子离马路很近，地面稍稍比马路低一点儿。要是别的司机在陡峭狭窄的山路上开车时，看到两个小孩突然出现在马路上，肯定会异常反感。但是，埃德娜就是埃德娜，她仅仅大喊：“站着别动，孩子们，小心我的车！”

所以，马丁站在马路的这一边，小卡洛琳站在了另一边。随后，这辆灰色的小福特爬过山顶，灵巧地在大石头和栅栏中间减速，最后停在房子旁边。车里有两个大人、两个小孩，还有一堆买回来准备下周用的东西。

幸亏埃利斯太太身材矮小，因为连她坐的前座也塞满了东西。在离家还有七英里的时候，埃利斯太太的胳膊就挎着一个白色的大汤锅，膝盖上放着客厅用的灯、灯罩，腿下面的那张四脚朝天的桌子还在不停地戳着她的腿。下车时，埃利斯太太小心翼翼地抽出身，伸展了一下自己的腿，长长地舒了一口气。

“真幸运，我们终于安全到家了，真得好好感谢埃德娜送我们回来。”

“是够幸运的，”埃德娜边说边走到埃利斯太太身后帮她搬东西，“你压根不知道会在车里遇到什么状况。这让我想起去年发生的一件事情。我当时正走在马路上，有人要载我一程，那天我可是穿着一身最好的衣服。整个汽车的地板都被一个用报纸包着的东西占据着，也不知道里面包的是什么，后车座上还放着一个派。我迈进了一只脚，那个愚蠢的司机才开口说‘小心地上的冰’，可是来不及了，我已经踩在上面滑了一跤，正好一屁股坐在了后座的那个派上面。我这辈子就没有这么尴尬过。对了，那是一个奶黄派。”埃德娜想了一下补充了最后一句。

“妈妈肯定是从拍卖会上回来的！”小卡洛琳大声嚷嚷着，就好像所有人还不知道这个事实一样。

“镇上正好有一个拍卖会，这不是很好嘛，正好有埃德娜载我回来。我买了台灯和蒸锅，给凯伊买了一个小的床头桌，还买了一块很长的碎布地毯。对了，还有一些用来整理垃圾和花园的旧工具，盖里可以使用。孩子们，我还为客厅买了一个炉子！明天会和工具还有地毯一起送来。”

“是的，你妈妈本来打算将炉子放在车上一起运回家呢，”埃德娜说，“但是我有些担心它会从车垫或者什么地方滑下来，这样就会掉在路上了。”

听到这话大家都笑了，埃利斯太太说：“埃德娜，你简直就是人类的天使，把所有的东西都送了回来。希望我们的东西没有刮坏你的车。”

“如果我有些愚蠢的乘客坐车时也能想到这些，那就太好了，”埃德娜说，“你的这点儿东西对我的车来说，压根不算什么。”

“接着这些东西，孩子们，”埃利斯太太说，“那包是肉，马丁，这个大包里是橘子。小心点儿，盖里，最上面的可是鸡蛋！”因为盖里一把抓住了最大的包，还扛到了肩膀上。“埃德娜，留下来和我们一起吃晚饭吧？”

“呃——呃——”埃德娜说这个经典的字眼时一般有两

种语气。现在的这种语气，埃利斯太太知道，显而易见是不能留下来吃饭了。“我答应了姐姐的孩子，晚上要带他们去看电影，如果我不能准时回去，他们会在家里一直等我的。”她钻进了车里，开始倒车，“记得炉子到了后，不要把它放在会绊倒人的地方。我最讨厌被绊倒了！”

说着，埃德娜就离开了，埃利斯太太一家开始把东西搬到屋子里。

这盏灯之前肯定是在客厅里使用的，因为中间粗大的瓷质中轴还装饰着粉红色的玫瑰，干净整齐。他们将包裹里的东西都堆进了食品柜子里。盖里在准备晚餐，因为今天轮到她。凯伊抱着小桌子上楼了。她和盖里住一个房间。小桌子放在床头和墙中间非常合适。不过她决定找一天把它抬下楼来刮掉表层的油漆，因为她发现表层下面的颜色要比表层的豌豆绿更好看。但是凯伊现在就想用它，因为她喜欢睡前看书。她觉得在卧室的桌子上放一盏台灯是最棒的事情。

凯伊和盖里住楼上最大的房间，房间里有个倾斜的天花板和一个小阁楼。小卡洛琳的卧室就在小阁楼里。穿过大卫生间那是妈妈的卧室。马丁住一楼的一个小房间，就在食物柜旁边——半夜要是饿了就非常方便——他随便走走就能找到吃的，感觉自己就是一家之主。任何一个看到姐妹俩卧室的人都可以一眼看出这个房间住着两个人。凯伊的一边干净整齐，卫生用品和经常被盖里嘲笑的雪花膏、香粉和瓶装乳液分别有序地放在桌子顶层。她的床铺也非常整齐。书架上除了书以外，还有一块古老的刺绣和一盆秋天的花。白色的墙上贴着一些画和相片。

盖里住在另一边，她那边有一幅凯伊画的风景画，还没有镶框。桌子上放着一个船形的灯笼，五花八门的盒子一个叠一个。唯一的一个玻璃瓶，盖子是铁纱网做的，里面放的不是雪花膏，而是盖里用鹅卵石和青苔即兴制作的一个小花园，里面住着两只树蟾。盖里的床紧贴着墙壁，为的是腾出地方放大桌子。桌子上有两个书架，一个上面堆放着一摞书，其中有过期的《国家地理杂志》、各种剪报、种子的邮购目录，还有各种动物学和农业学的小册子。盖里把它们统称为“参考书阅览室”。此外，另一个书架上有一台有了年头的打字机，几乎占据了这个书架所有的空间。盖里是个很实际的人，她把桌子放在床边，为的就是可以轻而易举地拿到任何一本自己想看的书。还有，夜晚只要用手碰一下头后面的横板就可以轻易地打开台灯。

粉刷过的墙面干净怡人，只是有些地方已经出现了裂缝。凯伊说那是墙壁哭喊着要他们往它们身上贴一层漂亮、典雅的墙纸呢！晚饭时，凯伊又重新提到了这个话题。

“妈妈，你觉得房东会同意我们买一些墙纸，然后把这些钱从我们的房租里扣除吗？”

“不会，”埃利斯太太立马回答，“我们的房租不算贵，所以我不打算向房东提任何要求了。罗伯特先生告诉我房东是个大忙人，而且人家说得很清楚，不希望因为琐碎的小事情被打扰。我们可以自己买些墙纸，或者保持现在这个样子。”

“我敢说房东肯定很有钱，”马丁插了一句，“吉米·罗德说去年春天房东买这块地时来过一次，开着一辆豪华的车。他胖胖的，头发灰白，和他一起来的还有另一位男士。那时正好下雨，结果他们的车困在了山上。吉米的爸爸只好过去帮忙。吉米说房东看起来很高傲，另一个人倒很随和。”

“他可能会对整块地进行规划，而且会将常绿植物和泳池整合起来。”很显然，凯伊非常讨厌这样的做法，她说，“我知道那会是什么样的！”

“在别人破坏这片土地前，真希望房东能让我也参与规划工作。”盖里说。她已经在这低矮深邃的山上房屋周围徘徊过不知道多少次了。盖里一直在计划如果有一天自己可以随意规划这座花园，她该怎么做才不会破坏那些古老的丁香树和紫丁香的美丽，怎样才不会打扰盛开在老石台阶一侧的一丛丛柠檬百合花和鸢尾花。如果没有人用错误的想法把这座花园搞得面目全非，那么肯定有很多事情可以做！

“吉米的爸爸说，这幢房子是这附近最老的了。”马丁接着说，“有一天，我和吉米爬了进去，发现了一个镶板和各种古怪的橱柜。房子里有三部楼梯。烟囱里还住满了家燕，你都可以听到它们飞来飞去的声音。”

“那肯定是一幢令人喜欢的老房子，”埃利斯太太说，“如果有人想买，多半是因为那里的位置不错，离公路只有几英里。也可能是仅仅因为喜欢这个地方，而不希望被别人破坏吧！虽然我不期望这样简单的理由能进入你们的脑子。听到你们谈话的人肯定还以为你们是这个世界上品位最高的人呢！”

“但我们就是啊，亲爱的佩妮①，我们真的有很高的品位啊！”盖里大叫着，“你应该最清楚不过了！这是我们奋发向上的年轻一代的基本优良品质啊——这显而易见啊。现在哪有人对自己的优点藏着掖着的。”

“一个旧壶就足以遮盖你所有的光芒了，你可别叫我亲爱的。”埃利斯太太反驳道。

盖里没有为此感到难为情。“我们的佩妮每次从拍卖会上回来都有负罪感。”她一边向大家解释，一边往最后一片面包上抹了些黄油，“然后她再把负罪感施加到我们这些可

① 佩妮是埃利斯太太的名字。

怜的、无辜的人身上。年轻还不被赏识真的是好难过啊！”

小卡洛琳认认真真地听完了所有的对话，一脸凝重的表情。这会儿，她从椅子上站了起来，向前凝视了片刻。

“妈妈，埃德娜刚才跟你说不要被炉子绊倒是什么意思呀？”

听完盖里的评论，埃利斯太太的脸莫名其妙地红了起来。

“她的意思是炉子很硬，要是撞到你的脚趾肯定会很疼。我们这些人中就属你跌倒的次数最多，所以埃德娜可能是想到你才说的。”

“但是她当时明明是跟你说的。”小卡洛琳坚持道。

“她是跟我们所有人说的。你吃完饭了吗？要是吃完了，可以出去玩一会儿，等到洗碗的时候再回来。”

“我可以去找雪莉玩吗？”

“不可以，只准在院子里玩。”

“我想去找雪莉玩！”

“如果你再这么坚持一会儿，”佩妮笑着说，“天更黑了，你就哪里也去不成了，只能去睡觉啦。”

小卡洛琳很不情愿地往门口走去，凯伊和盖里开始收拾饭桌。

“不管怎么说，你们当中得有一个人，”埃利斯太太说，“需要正常地长大。”

这时，她们听到了一声咕哝，埃利斯太太大声说：“小卡洛琳，你刚才咕哝什么？”

小卡洛琳转过身来，手扶着纱门，说：“我说：‘哼！’”

凯伊笑了，盖里转向了妈妈，说：“看吧，亲爱的佩妮——你还是放弃吧！这样是完全没有用的！”

第二章　偷听无益

“妈妈，罗德先生要去给苹果酒厂送苹果，我们能跟着一起去吗？”

“我不知道人家愿不愿意让你去啊……”埃利斯太太开口说。

“他愿意啊，”马丁坚持说，“他之所以周六才去就是想带我们一起去。”

“雪莉也去吗？”小卡洛琳在后面嚷嚷着，和哥哥一样雀跃着。

“去啊，她妈妈同意让她去！”

“那么你也跟着去吧，小卡洛琳！最好穿件外套。”

孩子们迅速冲向了马路，尼尔·罗德已经在他那破旧的卡车里面等着大家了。车厢里装了两个空桶，苹果堆成了小山，有红色的、黄色的、带斑点的，那可是马丁和吉米整个早晨在果园里辛辛苦苦整理出来的。雪莉和小卡洛琳坐在前面，两个男孩爬到了后面坐着。他们窝在苹果堆里，手紧紧抓着车厢边沿。卡车沿着崎岖的山路摇摇晃晃地颠簸着出发了。

那是一个晴朗的日子，天空湛蓝如洗，只有在秋天才能看到那番景致吧。天空中还有几抹云烟，好似毛笔刷过一样，风中几株野葡萄藤在摇曳。弗吉尼亚爬山虎和常春藤攀附在石墙上，那么红艳；翠菊和鼠尾草花开满路的两侧。尼尔去苹果酒厂送苹果时通常不走大道，而是走离大道几英里远的小路。他们会经过山上弯弯曲曲的颠簸小路，穿过丛林和种满漆树的牧场。随着越走越远，路上也越来越荒芜，直到穿过一片沼泽地，最后行驶到木排路的一端。

这条路本来是为了方便伐木才建的。沼泽地里的这片树林在很多年前就被砍光了，现在只有稀稀疏疏的几棵刚开始发芽。浸着水的树桩点缀着这块沼泽地，不时还会碰见几棵死树，只剩下干枯的树干了。散发着臭味的沼泽中露出了黑色的软绵绵的土地，面积仍在不断扩大，空气里弥漫着一股浓重的烂木头和臭水的味道。据说有熊住在——或是曾经住在这块沼泽里，沼泽两边向外延伸了几英里。卡车缓慢地向前行驶着，吉米和马丁既兴奋又害怕地紧盯着树林，两个小女孩紧紧地挨着彼此，恐惧地向下盯着树木间渗出的黑水。

“现在知道这条路有多不好走了吧？”尼尔说，双手谨慎地打着方向盘，眼睛向前车轮望去，“我都一年没有走过这条路了。如果我们的老卡车陷进去了，你们就要帮忙把它拉出来！”

但是老卡车并没有被困住，因为沼泽里的水都被原木和木排路围住了。尽管有些地方有损坏，但不影响通行使用。很快，卡车穿过了枯树和枯树桩，行驶在茂盛的灌木丛、桤树和红色的沼泽枫树丛中。穿过了木排路便是坚固的马车路了，卡车继续向前行驶，最后终于到了空旷的野外。

“我就出生在那幢老房子里，几乎也是在那里长大的。”尼尔说着，手指向了一幢灰色的饱经沧桑的老房子，旁边还有一座红色的谷仓，“柴房还在那儿呢，那个旧抽水机也在啊，我以前不知道用它抽过多少次水呢！”

尼尔将车子慢慢减速，对着房外正在劈柴的小伙子挥起手来。

“你好，尼尔！”

“你们最近过得怎么样？”

“还行，过来送苹果？”

“今年的苹果不太好。我估摸着这一堆也就能酿出一桶酒。伯特呢？”

“在酒厂呢，他们在那儿忙活一个早上了。现在应该能用上你们的苹果了。”

“那我们这就过去！”尼尔说着便发动了卡车。

从屋里走出来两个小女孩，一本正经地盯着卡车和尼尔他们。马丁他们四个小孩也盯着这两个小女孩看。这时，车晃了一下，马丁连忙扶住身后那堆快滚下来的苹果。卡车继续向前，在十字路口拐了弯。屋顶在两旁的树间若隐若现。终于，他们到了酒厂。

* * *

虽然一大早还结着霜，但是天气还算暖和。盖里发现花园里还有好多活儿要干。她已经为育苗箱装上了窗户，窗户是用一些木板和在地窖里找到的旧门框做的。盖里把玻璃装在了靠着柴房的向阳位置。她在育苗箱的一边播种了大白菜、花菜和莴苣的种子，这样春天一过就能长出蔬菜来了；另一边为来年夏天的花园种了其他东西。她心里打着自己的小算盘呢。盖里弄了好多盆土、一些旧席子，占据了厨房旁边小屋子的好大一片地方。她想，这样一来，整个冬天家里就会一直有生菜和新鲜的芹菜可以吃了，她压根就没有想到康涅狄格州的冬天会有多冷！

备受瞩目的、将要放在客厅的炉子终于在第二天下午送到了。埃德娜的友情提示确实是有必要的。两个大汉费尽力气，才把它零零碎碎的部件从卡车上搬下来，然后又完好无损地放置在现在的位置上。孩子们迅速给它起了个名字：大贝莎。这个炉子是旧式的，又高又大，占据了整个灶台。凯伊非常高兴这个炉子挡住了整个壁炉。但大贝莎的设计没有现代的简洁，过分的装饰让人感觉很糟糕，炉身上下都刻着旋转的花饰。它的侧面隆起的铸铁展示了立体浮雕设计，是一只鹳鸟单腿行走在湖畔的芦苇丛中，有些浮夸，非常不和谐。炉子比埃利斯太太还高，顶上有一个“优雅的”橘色装饰物，看起来就像是歪着的骨灰盒。虽然它长得很丑，但是能为这个家里带来温暖和舒适，所以炉子现在是家里最宝贵的资产了。因为炉子有点儿难看，埃利斯太太有些难为情地柔声辩护道：

“刚入冬哪能这么容易就买到一个很好看的二手炉子呢，不要太在意它的样子，能让我们舒服就行啊，哪有什么事事如意的啊。如果非让我说，我觉得我们已经很幸运了……”

但是，说到这儿，埃利斯太太还是识趣地停了下来，因为每当大家对任何情况有所怀疑或批评时，她几乎都会说“我们已经很幸运了”——这句话已经成了家里的口头禅。

“任何时候都不容易买到一个这样的炉子啊。”盖里对妈妈的话表示赞同，马丁马上“咯咯”地笑了。

“盖里，你抱几箱土过来吧，我们可以在这里养牵牛花，”凯伊满口挖苦地提议，“它们肯定和这些鹳鸟很般配！”

不过还是小卡洛琳的建议最实在了。

“我们可以用细铁丝将壁炉隔开，然后在这里养小鸡啊。雪莉说她认识一个人，整个冬天就是在壁炉旁养小鸡的，小鸡就睡在炉子下面，特别暖和。”

“天哪！”盖里简直要哭了，“你能想象出来大贝莎在这里孵出一窝小鸡的画面吗？你怎么会喜欢一群小鸡在围着铁丝的炉子边跑来跑去呢？”

“我是说在炉子后面养。”小卡洛琳反驳道，她可是有话就说的，“真不明白为什么每次我有点儿想法你就笑话我！”

大贝莎还不能马上派上用场，因为现在还能用壁炉。虽然它庞大的身躯给大家带来了一些困扰，而且木头在壁炉里燃烧时，透出的光线将它的轮廓映得一览无遗，好像一只肥胖的河马在愉快地享受温暖时光。

马丁他们去苹果酒厂的那天下午，盖里就带着篮子上山摘葡萄去了。那时摘葡萄有些晚了，但是罗德太太说用那时的葡萄做果冻最好了。盖里知道哪里有大的葡萄藤，而且不是很高，比较容易够得到。因为通常情况下，霜冻时节的葡萄就像松鼠一样，紧紧地贴在枝头上。盖里爬上屋后面的高坡，走过两块陡峭的牧场，最后一屁股坐在最近的石墙上休息，四处张望着。温暖的日光洒在长满青苔的岩石上，一只啄木鸟正在一棵枯死的栗树上忙得不可开交。这时，一只金花鼠从墙缝中偷偷溜了出来，谁也不知道它是怎么能那么古怪地摇摇晃晃跑了几英里的，就好像谁要把它拉到电线上似的！盖里边想边盯着它看，这时金花鼠又退了回来。

盖里搞不懂为什么会有人死活不愿意住在乡下！放眼往山谷望去，老房子的屋顶在黄色的枫树林中若隐若现，灰色的小屋顶上，袅袅炊烟从烟囱中缓缓冒出，一缕一缕地升到了明朗的天空中。盖里感觉压根就没有什么城市的存在，好像整个世界都存在于此，她多么希望时间可以永远停留在此刻！因为她和凯伊不一样，她根本不向往城市的生活，也没觉得那种生活有多么舒适。她才不会每天担心报纸能不能在中午送到呢！当然，要是每周送来的报纸是讲园艺的，那就要另当别论了！

如果说盖里还有别的梦想的话，那就是她想成为爸爸那样的科学家。她想去远航，去中美洲[①]和世界的其他角落探险。但只是想想也无济于事。只要见到和旅行有关的书，盖里都会如饥似渴地阅读，而且她连钻研地图集册都觉得津津有味。不过和史前生物或者是消逝的文明遗迹比起来，盖里还是更喜欢活着的生物。在她眼里的生命和整个世界，是能无限地向四面八方延伸的，并折射到一个微不足道的小人物身上，那就是她自己——玛格丽特·埃利斯[②]。一切梦想都在前方，盖里才开始自己的旅程，她压根不需要着急。因为梦想就像一出戏，任何时候都可以开始，而且早晚都会实现。同时，盖里也能够很开心地活在当

① 中美洲指墨西哥以南、哥伦比亚以北的美洲大陆中部地区。

② 玛格丽特·埃利斯是盖里的大名。

下，能够全身心地投入当前的兴趣中。她喜欢挖土，喜欢搬石头，喜欢指甲接触木头的感觉。只要是她做的事，她就会全身心地投入。全家人到现在还会经常拿一件事笑话她呢！那是盖里九岁那年收到的一件生日礼物，是一匹小长毛马，随后她就拿着自己那周的零花钱（一角钱的硬币）去了上学路上的一家二手书店。书店外面一个特价书的箱子里有一堆零散的关于兽医的书，其中有一本《马：悉心照料疾病和健康》。年迈的书商发现盖里盯着那本书不止一次了，他对盖里的选择感到吃惊，就把这本书送给了盖里，也没有收钱。盖里严格按照书上的说法对自己那匹六英尺[①]的小马进行喂养、照料，但是几个月下来，那匹马生病的时间比健康的时间多得多。因为书上写着太多种疾病和事故，而盖里想把这些都试个遍，包括马腿关节内肿、马鼻疽病、马背扭伤。

从此以后，无论是小孩在公园里捡到麻雀，还是天竺鼠有疝气或是小猫被骨头卡住了喉咙，大家都会来找盖里，因为盖里知道怎样急救。就算不知道，盖里也会表现得很自信淡定。她会通过自己的常识，对突发状况进行处理。

盖里这时舒舒服服地伸了伸懒腰，拿起篮子向葡萄藤走了过去。密集饱满的一串串葡萄紧凑地悬挂在一起，它

① 1英尺约等于30.48厘米。

们早就熟透了，摇摇欲坠。虽然口感比较粗糙，但是空气中弥漫着令人眩晕的香味。这附近有很多野蔷薇，盖里赤裸的胳膊上的棕色皮肤都被划伤了。她裹上那件穿了很久的破旧衬衫一路推开蔷薇，向摇晃的葡萄的方向伸出手，她想最后再摘一串葡萄，装满自己的篮子。要是再向上爬一点，努力猛拉一把，还能摘到很多葡萄。她准备明天再过来时带个更大的篮子，现在这个篮子已经装得满满实实的了。

回家最近的路就是先沿着石墙走到岔路口，然后再顺着大房子后面的果园向下走。苹果树下高高的草丛里躺着很多苹果——没几个是好的。盖里一边暗下决心一边随手捡起苹果，咬了两口便扔了。这些树也该修剪修剪了，已经很久没有人打理它们了。

走到大房子旁边时，盖里想起马丁曾经告诉过她有一扇没有关紧的窗户。她把篮子放到厨房门口旁边的一大片丁香丛下，决定去一探究竟。这边的窗户似乎都紧紧地关着，盖里都可以看到窗户里面钉在窗框上的钉子。过去乡下还没有窗户锁，保证房子安全的方法就是安装窗扇。走到头，一间柴房挡住了盖里的去路，但是房门半开着。盖里推开了门，里面有块旧的切菜板、一些空的油漆罐和一个桶，还有带着斑斑驳驳锈迹的熨斗——感觉无论房子的主人如何来回变动，这些垃圾已在这间屋子里存放了好多年。更远的一边便是另一扇门了。

盖里从来没有想过自己会和这幢房子有什么联系，但是事情就这么发生了。“这应该就是马丁说的那扇窗户。”盖里高兴地想，“可能它一直都开着呢！”

人总是会对空了很久的房子产生奇怪的感情，尤其是一幢老房子。房间里面比外面还要安静。任谁走进来都会感觉到安静的不止这间屋子，其他屋子也一样安静无声，好像整幢房子都在听着有什么动静似的。就这样，盖里不自觉地踮着脚走起路来。

这间是厨房，不远处是一间大的食品储藏室。卧室在另一边，绕过卧室门口便可以走到楼上。就像马丁说的一样，还有一个镶板。橱柜很奇怪地高高地内嵌在墙壁里，旁边便是一个大壁炉，一只黑色的鹤还在烟囱下飞着。凯伊肯定会爱死这幢房子，还有这小小的客厅，尤其是这个在角落里的内嵌橱柜！盖里一眼就看出来，门上和橱柜上的铁门闩和铰链都跟这幢房子的年纪一样大，而那些形状不规则的、把它们钉在一起的钉子是古老的蝴蝶形钉，和门闩一样都是手工做的。

盖里想，有机会一定要让凯伊来这儿一趟。但她决定自己先把每个角落研究一遍，她可不愿意错过这样的机会！她又试着打开了另一扇门，发现了一部盘旋向上的楼梯，通向一个大平台。那里有更多的房间，而且每间都是开着的。它们就在那个大烟囱周围，而巨大的烟囱居于整个房子的正中间。最后一个房间通向了大平台，但是除此之外，肯定还会有其他的房间。盖里正在想自己是不是还落下哪间没看，这时楼下竟然传来脚步声和说话声，着实吓了她一跳。

她蹑手蹑脚地走到窗前，向窗外偷看了一眼。窗外停着一辆汽车，还有个与自己年龄相仿的女孩背对着房子。那女孩穿着白色的外套，头戴贝雷帽，手里还拿着个包裹。也许盖里进来时，他们就已经在这花园里了，只是因为她是从后面进来的，所以才没有注意到这辆完全被房子挡住的车。“只要寻个时机我就能溜出去。”盖里一边想一边小心翼翼地向后退着。她努力想听清他们的谈话，寻找悄悄溜出去的最好时机。但是这种可能性太小了，因为这种木地板很容易发出“嘎吱嘎吱”的声音，况且盖里感觉这间屋子里连根针掉地上都能听见！

楼下的脚步声越来越近了，盖里听到了一个女人的声音，还带有一点儿奇怪的外地口音，她的声音中充满了欢快：“是的，这里的确很美。但是亲爱的查尔斯，你一定是疯了！维修这房子肯定要花很多钱，想想这需要你做多少事情！”

“但是吉娜，想想我们做这些事情时该有多么高兴！”一个更深沉的声音回答，这个声音显然是可怜的查尔斯的。

“快看——我让你快看看那个天花板！上面的灰泥都开始脱落了。

“再看看那些旧门闩！”

真的会有人喜欢这些旧门闩。盖里想起了妈妈的话——真可笑，佩妮总是对的——盖里突然喜欢上了可怜的查尔斯，虽然还不知道他长什么样。

“是的，那些东西都还不错，”吉娜继续说，“查尔斯，这里的东西只要还在原位，你就偷着乐吧！你知道吗？有时候像这样一幢老房子，等你进来时你会发现里面所有的东西都被拿走了——所有的东西。况且现在旧东西这么受欢迎——任何人都会买的，你压根就不能相信这些乡下人。无论走到哪儿，这些人都是一样的。换作是我，我走的时候就把这幢房子锁得牢牢的。”

“你肯定会，当然会！”盖里想，“对我来说，这样最好不过了！话说回来，你了解乡下人吗？”盖里觉得可怜的查尔斯还不错，但是那个吉娜，先不管她是谁吧，话说得多了点儿。

“为了让你放心，我们会四处看一看，检查一下所有的窗户，然后再锁上。”

“他们甚至连门闩和壁橱上的铰链也会拿走，是东西就能换点儿钱啊。我说的可是真的，这可是艾米·范柯克告诉我的，她刚在伯克郡买了幢房子。”

“是的，现在做古董生意的只要有辆小卡车，再雇个拆房人就够了。我也想着哪天干这行呢！”

“你开玩笑吧！那次我们在仓库野餐的时候，你还想偷那个破旧灯笼上的锈铁钩，只是你取不下来。”

“贼喊捉贼！吉娜，在你离开这幢房子前，我得先搜查搜查你。”

“哈哈，但是我没有口袋——看到了吗？”吉娜欢快地笑了，笑起来和唱歌一样。盖里听到她在屋子里慢慢地走来走去。“你的家具放在这里肯定很合适，这里空间挺大的，也能放下你的画。”

“这间屋子还有地方跳舞呢！这些木板需要打蜡了。”这是另一个年轻女孩的声音，“我们可以在这里办派对，邀请很多人过来参加。围坐在壁炉旁的感觉肯定很棒。明年我们在这里举办个盛大的万圣节派对吧！”

“前提是你的朋友愿意爬过那座山来找你。你的莫里斯叔叔永远忘不了上次你俩像傻瓜一样被困在水沟里，最后还是别人用马把你们两个人的车拉出来的。他到现在还会说起这件事呢！”

看来，吉米说的那个傲慢的房东就是莫里斯了。那么，算他倒霉，他不该在春天开着这么豪华的车走在这样的小路上！

“好吧，但是现在的路也没有那么糟糕。镇上明年也应该修修路什么的，看来我得向他们反映反映了。”查尔斯说。

“我喜欢乡下的路，骑起马来肯定很棒。查尔斯，我们应该在这儿养几匹马！正好可以养在谷仓里。”那个年轻女孩轻松欢快地说着，似乎从来不用担心或思考钱从哪里来。盖里生来第一次有些嫉妒别人，内心隐隐作痛，因为她一直都渴望骑马。

“我想知道这周围都住着哪些人。”

“我不知道也不想知道。你可以自己去看看。”查尔斯的声音满是漠不关心，“我太忙了，没时间去打扰他们。这条路附近住着一家人。”

“你是说你租出去的那幢小房子吗？是那间农舍吗？”这高贵的声音来自吉娜，“那他们离我们这里很近啊！快告诉我，那是怎样的一家人？”

“我也不知道。是罗伯特把房子租给他们的。他们家应该有好几个孩子，是从城里过来的，想在这儿租一幢便宜点儿的房子。”

偷听无益，于己无利，盖里想着，又往平台上贴近了一些。

“小气的城里人……这些人听着就很讨人厌！你不应该把房子租给他们的。我宁愿他们是真的农民——这样你可以称他们为贫民。”

“小气的城里人！”如果非要说谁可恶的话，那肯定就是吉娜了，盖里正想着，思绪被查尔斯的话打断了：“我可不能做这种事，如果你在这儿说‘贫民’，我亲爱的弟妹，他们可能会以为你另有所指呢！”

那个年轻的小女孩笑了，但吉娜还是一本正经地回答：“至少你可以轻而易举地就把他们撵走，你只要说你需要那幢房子就行了。”

盖里简直要气炸了肺，但是她郑重地告诉自己，这都怪自己溜进了老房子，即使不喜欢听这些话也没有办法。但是那句“小气的城里人”还是让她很生气。要是他们出去一下，自己有机会溜走就好了！

“简！苏珊娜去哪儿了？她又跑不见了，快去叫她回来，我们得回去了，查尔斯，现在开车最合适了！但我还是想再检查一遍楼上。”

“看来马上就要上楼了，”盖里自言自语着，“我猜我是没法稍稍喘口气了，好想知道他们会把铺了瓷砖的浴室安排在哪间。要是我直接出去然后告诉他们，我是顺便拜访一下这幢房子的会怎样？人家肯定不会放过我，更何况还有吉娜！算了，还是走了最好！”

但是往哪里逃呢？盖里突然想到了柴房，就在这间屋子的边上。她的脚踩在一些脱落的泥灰上，发出了“嘎吱嘎吱”的声响。但是盖里已经顾不上这些了，她正踮着脚尖，快速地往屋子的另一头跑呢！她太幸运了，在另一头真的有一间小房子。房间的墙上还有个窗户，虽然窗户被钉上了，但是好在钉得不牢。盖里迅速打开了窗户，小心翼翼地向上推着窗框，生怕弄出动静来，然后就从窗户往外钻。

盖里摇摇晃晃地在窗户上卡了一下，腿刚碰到鹅卵石路，她就听到脚下发出了奇怪的、努力克制的声音。盖里看到了一张扁扁的小脸，长着一对蝙蝠耳，眼睛凸着，眼神里写满了惊奇。她正抬头盯着盖里。很显然，这个小孩就是他们在找的苏珊娜。苏珊娜稍微愣了一下，随后想叫喊，但是嗓子好像被什么东西堵住了似的，发不出声来。她那么胆小，早就被盖里吓坏了，她刚才可是看到了盖里那穿着工装裤的长腿从天而降。苏珊娜深深地吸了一口气，然后迅速逃走了。

盖里跳了下来，一把抓起篮子，迅速穿过茂盛的灌木丛，逃到了果园里。过了一会儿，盖里挎着篮子假装漫不经心地在马路上闲逛，走过了他们家的房子。

盖里回头看了看，可以看到站在车子旁的年轻男子，但是不巧的是他背对着自己。她很想看一眼可怜的查尔斯到底长什么样呢！盖里还看到了吉娜，苏珊娜也在那儿，她还没有从刚才的惊吓中缓过神来，正歇斯底里地向戴着白色贝雷帽的女孩大叫着。但是小孩子的话有谁会放在心上呢！

马丁他们也在傍晚回到了家。马丁的手里拿着一罐新酿的苹果酒，有一加仑；小卡洛琳的手里也拿着一个瓶子，那是罗德家送给她的礼物，里面装的是醋。他们的脑子里还都是一路上的所见所闻呢，尤其是马丁。他们穿过了最著名的沼泽，停在一个老人的家门口，老人的玉米仓里有两只家养的浣熊；他们见识了苹果是怎么被压碎的，他们还见证了酒厂是怎样在内燃机的带动下运行的，就像尼尔过去见到的酒厂在木头的带动下运行是一样的。他们喝到了刚刚挤压好的装在平底酒杯里的鲜苹果汁。马丁说很好喝，但是没有气泡。尼尔·罗德说这汁不会伤身，和吃新鲜的苹果没什么两样。

但是，从小卡洛琳越来越不舒服的表情中可以看出，事实并非如此，她连晚饭也不愿意吃。大部分的时间都是马丁在讲，而她就一脸难受地插了一次话：

"雪莉和我喝了一样多的苹果汁，为什么只有我胃疼，她一点儿事也没有呢？"

"你怎么知道她没事呢？"凯伊问。

"我就知道她没有什么事，回来的路上，在卡车上我问她了。"

"我想可能是因为她比你更经常喝吧。"埃利斯太太说。

"要我说，就是你们这两头小猪太贪喝了，"盖里大姐姐一般直率地说，“你看马丁就不胃疼吧。”

“马丁是男子汉，”小卡洛琳瞪着眼睛反驳道，好像这样就能解决问题似的，“男生吃什么、喝什么都没关系的！”

“不舒服我也不会说出来。”马丁说，他也意识到自己的裤子紧得有些不舒服，但是又不想承认，“小卡洛琳，你要是再不留心，小心果汁变成醋酸。瓶塞开着，苹果酒很容易就变成苹果醋了。”

“那我觉得你们中得有人提前告诉我这一点！”小卡洛琳吸了口气，然后被领上床休息了，同时还拿了个热水袋暖胃。

凯伊和盖里开始刷碗。“今天又有新来的人，”凯伊说，“罗德太太看到他们开车经过了。”

“是吗？我想我记得有辆车经过这里，路过了我们家。”

“什么意思？”

“哦，没什么。有机会再告诉你。”盖里只能这么说。

第三章　马路对面

感恩节过后，冷空气突然来袭——而且来势汹汹，丝毫没有要走之意。“今天早上接雨水的桶里的冰都有一英尺厚了。”盖里兴奋地说着，暖了暖冻得冰冷的手。她看着窗外四个戴羊毛帽子的头在不停地晃动——那是雪莉、小卡洛琳、马丁和吉米匆忙跑下山去赶学校班车呢。大贝莎依旧很高贵地工作着，它那庞大的身躯里燃烧的木头数量简直和一辆火车需要的木头差不多一样。直到一天早上玛丽·罗德过来借咖啡，才好好地给凯伊她们上了一课，教她们如何合理地使用炉子。

“炉子里烧木头本身没有什么问题，”罗德太太说，“但是我觉得你们应该学学怎样利用好它。你们看——现在这样暖气就会传到它应该传到的地方，而不是都跑到了烟囱里。”

“以后会比现在还冷吗？”凯伊问，她是家里最怕冷的。

“更冷？”玛丽·罗德笑了起来，“现在都还没有开始冷呢！为什么？因为我压根就没有看到孩子们穿厚衣服。不信你再等等看！”

罗德太太本人看上去穿得也很单薄，穿着帆布鞋的脚踝还露在外面，家居棉服上就套了一件薄夹克。“我猜你们住在这间房子里应该会很舒适。我们当时住在这里感觉还不错。”

“我都不知道你们也在这儿住过。”盖里说。

“两年前我们还没买房子时就住在这儿。那时雪莉还没有出生，吉米也很小。山挡住了北面吹来的风，但是还会有南风吹来，南风没有多少变化。你们的窗户怎么样，都能关紧吗？”

“昨天还有些漏风，”埃利斯太太回答，“感觉这风无孔不入啊！”

“那是因为那个旧窗框，我会让尼尔过来看看。”她走了过去，手靠在窗台上，一会儿摸摸这里，一会儿又摸摸那里，“感觉到了吗？我告诉你该怎么办。你把报纸撕碎了，塞到所有的缝隙中，然后再向下压压。这样肯定会好很多。让一个地方变舒适有很多小方法呢，就怕你想不到！在乡下住久了你就会学会的！”

有好些日子没有见到埃德娜了。除了她，埃利斯一家能指望的就是罗德一家了。他们会帮埃利斯家安装门窗，还会向他们详细讲述天气暖和时不重要但现在非常需要留意的事情。是尼尔给他们家房子的北面堆上了树叶和土，

还给门窗的裂缝钉上了钉子；也是尼尔帮他们运来了成堆的柴火，并帮忙锯成了一块一块的。尼尔使用的工具可不像他们家的已经被彻底用坏了，用尼尔的话来说就是“早就断气了”。尼尔使用的是一个结实耐用的转向架，他把它系在了自己临时搭造的锯台上。尼尔就用这个劈柴，直到院子里的木块堆积成山。埃利斯一家甚至天真地以为这已经足够使用一个冬天了。玛丽向她们讲解家庭紧急处理措施，她还经常雪中送炭——不久前，埃利斯家的火炉烟囱着火，玛丽赶紧丢下手里的一切，连帽子都没来得及戴，就冲了过来帮忙。着火肯定是在所难免的，因为埃利斯一家还以为只要将烟囱搭起来，然后就万事大吉了呢！

马丁和小卡洛琳总是毫不犹豫地说更喜欢罗德家。吉米只比马丁大一岁，雪莉和小卡洛琳的生日相差无几。两个小女孩站在一起，大家很容易把精神十足的小卡洛琳看成乡下孩子，因为她看起来很结实。雪莉又瘦又白，尖尖的小脸像个小精灵，鼻子微翘还隐约长着一些雀斑，深灰色的眼睛与五官中其他部位比起来稍显大了一些。她和小卡洛琳一起缝东西、玩玩具、整理房间；而马丁和吉米也沉迷于自己的计划和活动中呢。他们整个晚上都在仔细阅读邮购目录，彻底弄清楚了书上写的马鞍、枪支、狩猎等每一项内容，这些可是他们当前最感兴趣的东西！

这两个男孩太合得来了。吉米有一支22式步枪，而且还比较可靠，因为他真的用它狩过猎，虽然大家嘲笑他带回来的只是小鸟或小松鼠。吉米似乎生来就懂森林，他熟知周围每种鸟和其他动物的名字、习性和生存方式。马丁虽然从来没有碰过枪，但是他比同龄人知道更多关于大自然的知识。更何况他还有一个对史前动物和恐龙蛋无所不知的老爸，而且现在他爸爸还在赴中美洲科考中——这些已经足够让吉米对他感到好奇和崇拜了。因为吉米连博物馆和动物园都没有去过，接触到的书也很少，学校图书馆里他感兴趣的书早就被他读完了。如果这两个孩子没有一起出门，也没有待在罗德家厨房的角落里讨论，那么他们多半是一起钻在马丁的房间里，潜心研究他们的模型引擎、显微镜或者是他们自认识后共同感兴趣的宝贝了。马丁所有的书都能在牛仔故事以及其他西部文学中找到类似的部分。

罗德家的厨房对于埃利斯家的小孩总是有一种特殊的吸引力。这幢房子的其他房间，包括楼上所有的房间、放着旧家具的客厅，橡木地板上都铺着编织地毯，壁炉架上的笼子里都有吃饱的鸟儿哼唱着，但是和罗德家的厨房比起来，这一切显得微不足道。罗德整个家的生活就集中在厨房。厨房很长，地势比较低，一头烧着炉子（罗德一家是乡下人，他们喜欢充分使用最大的房间），一头堆着许多木柴箱，还有一个角落放着一张很舒适的旧沙发。沙发安置在角落里，这样就能腾出地方让女孩们玩一下午的过家家。而且在寒冷的冬天，吉米三岁之前还可以在这里午睡，只要给他盖上拼布被就够了。炉子后面的老烟囱向外凸着，形成了一个很宽的平板，男孩子很喜欢坐在上面晃着腿，看看炉子上在做什么饭。屋子的一边有一个老旧的梳妆台和一个衣柜，另一边向阳的窗台上，放着玛丽养的植物，旁边是玛丽的缝纫机。尼尔的步枪和老式猎枪靠在后门旁边的角落里。山姆是一条茶褐色的猎狐犬，而多利是一半猎狐犬一半波音达猎犬的混血。它俩正舒服地躺在地板正中间的桌子下，完全不会担心被谁踩到或绊倒谁。而吉米的兰杰是一条棕白相间的土拨鼠狗，虽然没什么特点，但它肯定是附近最好的土拨鼠狗了。它经常和三只小猫一起享受在壁炉下面的温暖时光。

马丁放学后也喜欢来这儿待一会儿。他喜欢和吉米在沙发的一角讨论他们的计划，他们有时也会在煤油灯下读书。如果尼尔心情好的话，他们还能听到尼尔给他们讲狩猎的趣事。尼尔会躺在大大的木质摇椅上，时不时停下来从木头箱子里拿出一根新的木棍放进炉子里。而玛丽·罗德似乎除了吃饭就没有坐下来过。她经常在屋子里来回走着忙这忙那，或者是站着插几句话。

盖里也很喜欢罗德家的厨房，她感觉每次来到这里就像在自己家里一样。玛丽会和她分享自己对园艺和花的喜爱——尤其是那些野花。她会随时扔下手里的活儿去查阅植物学的书，或者讲述一下她看见的或知道的植物，管她是在哪里看到的呢！就没有她和尼尔不知道的事情：方圆几英里内的每一幢老房子（无论是废弃的还是有人住的）、住在房子里的人、发生在周围的稀奇古怪的事，他们都能讲出一二。盖里每次听到这些都特别兴奋，就像马丁对狩猎故事感兴趣一样。

一天晚上，马丁在尼尔家玩——小卡洛琳也在，因为第二天是星期六。这时，工作到很晚的尼尔从外面回来了，浑身带着凉气。

“今晚应该会下雪，”尼尔说着，将自己的皮夹克挂了起来，然后走到了炉子旁，“能感到空气中弥漫着下雪的味道。”

“是到了下雪的时候，”玛丽说，“我们可以看到一两片雪花，但是还没有真的下雪。往年这时候已经下雪了。要不要吃晚饭，尼尔？就在炉子上。”

“我在乔治家吃了一点儿。我回来之前他们正好吃晚饭。但要是还有苹果饼的话，我再吃点儿也行，再来杯咖啡。我猜男孩子也想吃点儿——是不是，马丁？吉米我就不用问了。小卡洛琳就更不用说了，感觉她什么时候都能吃得下。我觉得你在家没有吃好，你看你都越来越瘦了！”

小卡洛琳从来就不知道尼尔是不是在和她开玩笑，对尼尔说了声谢谢，并说觉得自己不饿，便僵硬地坐在沙发上了。但是当看到满满一壶咖啡还有足够所有人吃的苹果饼时，小卡洛琳还是忍不住了。她和雪莉一起吃了一盘苹果饼，一人喝了一口白色杯子里的咖啡，其实那里面的热牛奶比咖啡还要多。

刚吃完苹果饼，正抽着烟的尼尔猛地转过身来，手里还拿着半打开的报纸。老山姆早就躺在桌子下睡着了，头还向上抬着。

“听到什么动静了吗？”

屋外某处传来一声令人窒息的尖叫，随后又传来一声令人毛骨悚然的哀号。小卡洛琳吓得脸色惨白，就连吉米也跳到了椅子上，马丁张大了嘴巴。

尼尔挨个看了看大家，笑了。

“我打赌这把你们的魂儿都吓丢了，是吗？快看雪莉！”

肯定是刚才的那尖叫声把雪莉吓坏了，她的眼睛从来没有瞪得那么大，整个人坐在那里呆若木鸡。

“别害怕，雪莉，没什么，就是一只灰狐狸在叫！”

马丁舒了口气。

“那……那听起来不像是狐狸的叫声。听起来像……像是有人被杀了！我觉得狐狸应该是尖叫啊。”

“是的，红狐狸是尖叫，但是灰狐狸有时会像刚才那样哀号。”尼尔轻轻地走过地板，打开了后门，说，“吉米，让狗跟在后面，帮我把手电筒拿来。它一定还在屋子后面哪里待着呢。”

吉米和马丁紧紧地贴在尼尔的身后，尼尔在门口拿着手电筒往漆黑的院子里四处照着，他还照了照黑漆漆的谷仓和外屋。冷飕飕的空气通过门口灌入了厨房，两个小女孩坐在沙发上，听着外面的动静。

“你把鸡都关好了吗，吉米？”

“关好了，爸爸。我猜它是嗅到了垃圾堆的味道才跑过来的。”

雪莉紧张地盯着炉子下面的三只小猫，它们毫无知觉，还在呼呼大睡。

“灰狐狸会抓小猫的。”雪莉惊恐地小声说。

“它们会吃小猫？”小卡洛琳看起来吓坏了。

雪莉点了点头。“如果它们在户外抓到了小猫，有时候会吃。我们家去年有一只猫就被狐狸逮到了，那是因为那只猫动了。爸爸说如果猫待着不动，狐狸就不会碰它；要是动了，狐狸就会抓它。”

小卡洛琳坐着，一脸困惑。

“我讨厌狐狸。”雪莉说。

尼尔又把门关上了。

“狗不会追它吗？”马丁问。

“当然会！如果那样，我们就让它们山上山下一直叫，我们也能整晚都醒着。睡觉前，我们会把它们锁在外面的链子上，如果它们自己挣脱了，那就任它们去追捕。这种情况下它们肯定会消失很久。”

“难道不是你去抓吗？”

“我曾经抓到过一只这样的。但是它的皮值不了几个钱，不如红狐狸值钱。”

“我还记得有一个秋天，”吉米说，“有很多狐狸经常出没于那里的洞中。有一次，我在天黑后去找泉水，回来时手里还拿着手电筒，有一只灰狐狸一路跟着我。它一路哀号着，我一用手电筒照它，它就会跑开，然后再跟着我走。我当时真是要疯了，就把手电筒扔向了它，自己摸黑跑回了家。”

“你是说‘疯了’吗，吉米？”他爸爸向马丁眨了眨眼，问，“还是说‘害怕’？”

“我是说‘疯了’，我有什么好害怕的！我知道那就是一只灰狐狸而已。但是只要我一听到那些该死的家伙哀号，我就会烦躁，我觉得任何人都是这样的吧！”

“灰狐狸有多大？”小卡洛琳想知道。

“还没你大呢，妹妹！”听了这话，小卡洛琳似乎松了口气。“应该有这么长……”尼尔伸开双手比画着，“它们比红狐狸重一些，但个头要矮一些。红狐狸浑身都是皮毛。”

“有比狐狸大的动物吗？”

“有些野猫比狐狸大。我以前住的地方周围就有很多野猫。过去还有一种山猫，一些人把它们叫作猞猁。”

马丁点了点头。“我在动物园见过猞猁，它们的耳朵上有长毛。”

“就在那边那块大的岩礁上，那个地方现在还叫猫岩。我猜现在那里除了蛇应该什么也没有了。从这里朝着西边向上走就能看到那个地方。我觉得如今这年头应该很少有那些东西了。”尼尔说。

“过去还有熊呢，”吉米说，“我爸爸以前就见过一头熊。”

“我一直很确定我见到的就是一头熊，但是家里没有一个人相信我。想想也能理解，要是吉米哪天回到家后告诉我他看到了一头熊，我会说‘是吗？’。别再想它了。但是，那时他们应该不至于什么都不知道。因为我爷爷那辈，经常可以看到房子后面的沼泽附近有熊出现。一天，我抄近路去上学，要穿过一小块土地——那时我应该和雪莉差不多大吧。走着走着我突然看到一头熊站在草莓地里，我立马转过身跑回家了。‘我今天不去上学了。’我说，但是换来了一顿打。第二天等我经过的时候，我沿着小溪发现了一串足迹，因为那块地很软。那足迹是赤足的脚印，我敢肯定就是那头熊的。我现在还记得它就站在那儿。要是换作吉米，他肯定早走到它面前去确认了！”

“我才不会！除非我身上有把枪。”

“有枪也帮不上忙，”马丁说，“我爸爸认识一个人，那个人在一块很窄的岩礁上碰到了一头熊。当时那人手里什么武器也没有——他刚钓完鱼——所以他只是挥了挥胳膊，大叫了几声，那头熊就跑开了。他说，他很庆幸当时身上没有枪，不然他可能会开枪，那么熊可能就会向他扑过来。那里离加拿大很近，还有美洲狮、美洲豹呢。我想这附近应该没有美洲豹吧？”

“我也不好说有没有。但是我小时候遇到过一件奇怪的事情，”尼尔说，“我经常会想起这件事。那时我们还住在上次我们一起去苹果酒厂时我指给你们看的那幢房子里。房子后面就是大沼泽地，过去那里非常荒凉，周围的土地也没怎么开垦。有一天，我带着弟弟纳特去姑妈家，那时我弟弟应该比吉米现在还小一些。我们回家时，天已经渐渐黑了，我们不急不忙地走在木排路上。正在那时，我忽然听到山上沼泽地后面有什么东西在大声叫喊，是那种长长的哀号：‘噢——噢——噢！’

“我说：‘听到猫头鹰在叫了吗，纳特？’纳特迅速扭过头看了看，然后抬起头看着我，但是他一句话也没说。我只好说：‘我们走得有点儿慢，最好再走快点儿！’我很确定我们听到的不是猫头鹰的叫声，也不是野猫。因为我在夜里听到过它们的尖叫声，我知道它们的声音是什么样子的。但是那个声音更响，我之前从来没有听过那种叫声。

那是一种被猎杀一样的惨叫，你明白我的意思吗?

“我什么也不想说，是因为我不想让纳特感到害怕。所以我们一直往前走，能走多快就走多快。我能感觉到纳特一路上一直紧紧地贴着我。不久，我们又听到了叫声，而且这次声音离我们更近了：‘噢——噢——噢!’

“然后我和纳特彼此看了看对方，我说：‘纳特，我们跑吧?’他抓住了我的手，然后我们就开始跑了。我们使劲往前跑，但还是能听到尖叫声。这次我能辨别出它就在我们身后的木排路上。那时树林里已经漆黑了，我这辈子都没有跑那么快过，手里还拖着一个小孩。很快我们就跑到了路的尽头，但离我们家还有一段路。我们还得穿过一片长长的树林才能到家。我知道有一家人就住在那附近，我想如果他们还没有睡觉的话，我们可以进去躲一会儿，然后再回家。所以我跟纳特说：‘纳特，如果你能坚持到约翰逊家，我们就去他们那里住；如果他们睡了，我们就把他们叫醒。’

“离约翰逊家越来越近了，我也感到越来越安全了。所有人都睡下了——那时似乎大家都习惯早睡——所有的灯都熄灭了。我们慢慢地爬上了门前的台阶，然后我说：‘纳特，我告诉你接下来我们该怎么办。我们先在这儿等，看看能不能再听到叫声。如果再听到叫声，我们就能知道它往哪个方向去了。如果是往我们这个方向来，我们就用力敲门，直到把他们叫醒让我们进屋。’不到万不得已，我不喜欢把所有人都叫醒，而且我知道万不得已时，我们还可以躲进谷仓或其他地方。所以我们在那儿等着，竖起耳朵听着，生怕错过什么声音。但是它再也没有朝我们这边走来，不是因为有什么东西把它吓跑了，也不是因为它又去追别的东西了，而是因为它早掉头跑下山谷了。我们在屋子前等了很久才敢回家。”

“你最终弄清楚了那是什么吗？”马丁问。

“没有，到现在我也不知道那是什么东西。但是自从那次以后，我就知道有这个东西的存在了。大约一年后，也有两三个人说在那片树林里看到过一些大的浅色的东西，而且几乎是在同一个地方。有一个是夜晚开车回家的小贩，他看到了那个东西。但是没等他看清楚，那个东西就跑开了。谁也不知道那到底是什么。沼泽的后面就是树林，两处是紧紧连在一起的。而且几英里之外才有村庄，过去那里非常荒凉，现在也是。从那以后我就知道，如果有大动物从那片树林里出来后往北走，那么它可能已经在那附近生活了很多年。它整日以捕捉动物为生，比如说鹿或者其他的东西。除了偶然被撞见，通常它根本不会出现在人的面前。我可以带你们到离这里十五英里的地方去看看，那里和北面一样荒凉。”

“你的这些怪事让孩子们听得既兴奋又害怕。”玛丽插了一句，“那是很多年以前的事情啦。现在你要是听到任何哀叫声，顶多也就是只狐狸，就像我们今晚听到的一样。”

“好吧，我们周围的土地还没有种庄稼。但已经和过去不一样了，这样都有一阵子了。人们来这里买一大块地，照着自己的想法把这里建成夏天游玩的地方，或者是狩猎钓鱼的地方。很多地方的土地又要变成森林了，那么我们最先确定的就是野生动物也要开始回来了。”

马丁和小卡洛琳穿上了外套准备回家，今天他们回家的时间比往常晚了一些。听尼尔讲他的故事早让他们忘记了时间，雪莉在沙发上都快睡着了。

“要我陪着你们过马路吗？”尼尔对站在门口的兄妹俩说。

要是往常的夜晚，马丁肯定同意了。但是今晚他的自尊心促使他拒绝了尼尔的好意。他甚至都没有拿吉米给他的手电筒。他可是在小卡洛琳的面前吹过牛，说自己不怕黑。

“我一会儿再关门，这样你们就能看到路了。”尼尔说。

回家的路准确地说，如果不算过马路的话，就是沿着这条路走一百步，然后顺着栅栏沿着小路走。白天的话，感觉一下就能回到家，但是晚上，就是很熟悉的路也会显得有些古怪和不舒服，甚至连距离都变长了。从罗德家门口透出来的黄色灯光照在小路上，马丁和小卡洛琳走起来还比较舒服。但是走完这段有灯光的小路后，漆黑的小路让他们有点儿不适应。马丁的脚底冒出一股奇怪的感觉。他感觉就连脚下的路都有些奇怪了：先是不知怎么直往上升，感觉都要碰到人了，然后路又渐渐地散开了。他感觉连灌木和岩石的位置都不对了，就连小卡洛琳一直拽着他、差点儿将他绊倒，他都没有什么反应。

“小心点儿，你干吗老是往我的脚上踩！”马丁斥责道，但是发出来的声音非常小，“我们继续往前走，好吗？”

“但是好黑！”小卡洛琳呜咽着说，“我都看不到自己是往哪里走的！”

“那抓着我，照着我说的路走。”

“我怕会有狐狸。”

“别傻了！狐狸又不会伤害你。那只狐狸早就不在这里了，它现在早爬到山上去了。”

回家的路似乎从来没有这么长过。有那么一刻，马丁觉得自己就是当年的尼尔。他觉得自己此刻完全能够体会到尼尔当时走在木排路上的心情。假设真的还有那么一只大动物，要是它有时还会从树林里跑出来该怎么办？毕竟沼泽地离这里也不是很远。

他们真是幸运，因为灰狐狸没有在这个特殊的时间哀叫。可是这时，他们前面路旁枯萎的灌木丛里发出了沙沙声。马丁吓得一动不动，心跳加速，小卡洛琳直接尖叫了起来。但那其实是盖里摸索着来接他俩呢！

“外面太黑了，所以我出来接你们。我看到罗德家的门是开着的，我猜你们肯定在他们家待了好久！”

小卡洛琳紧紧抓着盖里，就像刚才抓着马丁一样，但是她现在没有那么害怕了，因为和盖里在一起，什么事情也不会发生。

“盖里，你听到狐狸的叫声了吗？”

“我不久前听到了什么声音，好像是猫在打架。”

马路又变为熟悉的马路了。微弱的灯光从凯伊拉开的窗帘缝隙中散发出来。

“小心那里的石头，小卡洛琳，这里是路的转弯处。今晚竟然连颗星星都没有！爬上山来肯定很黑吧？”

“没那么严重，就一步路的距离而已。”马丁说。

第二天早上，屋子外面似乎安静得有些奇怪，天好像比往常更亮了。马丁是第一个醒来的，他摇摇晃晃地走到窗前，打开了窗帘。窗外漫山遍野一片雪白，就像铺上了三英尺厚的白地毯。

第四章 象鼻虫

“有两封凯伊的信，一封是佩妮的，还有报纸。”盖里说着跺了跺脚上的雪，从邮箱那里回来的一路上都是积雪，“真搞不懂为什么我们家里就只有我没有收到过信。我看我要给自己写信了。”

给凯伊写信的这两个人中，有一个盖里是认识的。她把信扔到了凯伊的膝盖上，微笑地看着凯伊把信拿了起来。

“没有你爸爸的信吗？”埃利斯太太说，“也对，他从不频繁写信。”

“才十天啊！”盖里提醒妈妈，“如果爸爸三周写一次信的话，他一定是在干大事。我们最好偶尔不要给他写信。”

埃利斯太太慢慢地读完了信，呆呆地坐了一会儿，膝盖上还放着那封写得密密麻麻的信。她面露为难之色。

“玛格丽特姑妈有什么事情吗？”

“没有，她好好的，是佩吉。佩吉感冒很久了都不见好转，现在医生说她的肺部有阴影，建议她这个冬天直接去新墨西哥州静养。”

“真不幸，可怜的佩吉！她现在的身体状况是不是很糟糕？”盖里问，凯伊的目光也从信上移过来，抬起了头。

“也不是，只是医生觉得在那里过冬对身体比较好，但还是需要格外小心。玛格丽特姑妈遇到的麻烦是她现在不能陪着佩吉去，因为她有自己的工作要做。但是她又不放心佩吉一个人去，必须有人在那儿照顾她。所以她想问问我是否可以去，她说她最希望我去，因为如果我在那儿，她会更放心。但是，我不知道……”

“我去可以吗？”凯伊马上问道。

“宝贝，我得计划一下。但是你也知道玛格丽特姑妈和佩吉，她们需要年长的人照料，能把她们的生活安排得井井有条，而且还能帮她们拿主意。你们都还太小，没法完全了解佩吉，更何况现在她还卧病在床，你们就更没办法了。她最初生病就是因为周围太喧闹，很晚也不能休息。这也是医生建议她离开镇子去其他地方静养的原因。凯伊，我倒是希望你去，这是一个锻炼你的好机会。或许玛格丽特姑妈以后会很乐意你去，但是现在去没用。我也想不出其他人了。”

“你当然可以去，”盖里马上说，“我们可以自己照顾好自己的，这对你是好的选择。你要去多久啊？”

“玛格丽特姑妈说一个月左右，直到她能安排出时间。突然出现这档子事，玛格丽特姑妈肯定是一点儿辙也没有了。她说她正在做一笔买卖，但必须有人去，而佩吉的叔叔得帮忙算账。”

“那就这么决定吧！埃利斯太太拒绝了一份工作，在新墨西哥州再找了一份工作！这就是喜从天降啊。”盖里下了决心。

“我猜报酬不会很多，但是至少可以支付我不在的这段时间照顾你们的人的薪水了。我就不指望自己还能剩下什么钱了。我讨厌拒绝别人我能做得来的事情，况且玛格丽特姑妈还对我们这么好，这次正好是我们反过来帮她的好机会。”埃利斯太太一脸坚定地说。

“当我想到我们的亲戚时，我从来不把玛格丽特姑妈和他们归在一起。她和他们完全不一样。”盖里非常同意妈妈的说法。

“我们不需要别人的帮助，”凯伊说，“盖里和我能看好家。你也不必担心弟弟妹妹，我们每两天就给你写一次信。再说了，罗德一家就住在对面，所以我们在这儿也不孤单。”

“是的，我们真幸运，能有这么善良友好的邻居。但是我们家必须有个大人，我没法想象整个冬天没有大人会是什么样的。”

“我觉得整个冬季应该不会比现在更糟糕了，”盖里说，“再说了，家里有个大人也不能让冬天不冷啊。我们在你走之前需要装个电话，这样的话，如果我们有什么需要帮助，就可以直接打电话，不用在大冷天出门过马路了。你也就更放心了！这是目前很重要的事情。现在你先给玛格丽特姑妈发封电报，这样她就放心了，我去告诉玛丽这件事情。我们一会儿再讨论剩下的事情。”

盖里总是有解决问题的办法。

电话装好了，但是到目前为止没怎么派上用场。因为他们两家离得太近了，根本就没什么事情能用得上电话。但是埃利斯太太坚持要找一个人来照看家里。埃德娜是最合适的人选，但是她不能抽出空来，而他们家周围也没有其他人。最终，在凯伊和盖里的怨声载道中，她们很不情愿地选择向嘉丽表姐求助。嘉丽表姐热衷于各种帮忙，她有很多客户，认识不少人，所以可以帮这个忙。现在她就有一个人选。

“的确很难，”她回信，“在如此短的时间内找到符合你要求的合适人选。因为我认识的人中，没有工作而且对这个机会感兴趣的人都太年轻了。但我觉得我还是很幸运的，我帮你们联系到了卡明斯太太。她最近和结了婚的女儿住在一起，在此之前她在好几个不错的家庭做过管家和看门人。她对乡下生活了如指掌，所以完全信得过。虽然上了年纪，但是小忙还是可以帮的，而且还能适当地监护孩子们。毕竟家里有两个未成年的孩子，让她提供这样的帮助还是有必要的。她想一个月有四十美元的工资。关于她的住处，我猜在这种情况下，她希望你们把她当成家人对待。”

“不然她还要期待什么?”大声读完信后盖里评论道，“我们就是普普通通的人家，专门为仆人准备房间?就是想也没有啊。但是我觉得，如果她来我们家只是稍微帮助我们一下，还要我们把她当成家人一样对待，四十美元会不会有点儿多了?我也希望有一份一个月四十美元的工作。”

其实埃利斯太太心里也是这么想的。四十美元已经花光了玛格丽特给她的工资，况且她还想给孩子们寄些东西回来，让他们过得更舒服一些。但是嘉丽表姐肯定也知道这一点。埃利斯太太提醒自己，现在没有时间挑挑拣拣了，当务之急是找个人照看孩子们。

“她说的‘适当地监护’是什么意思啊?”凯伊问，“不管怎样，她不应该管我们的。”

“那是嘉丽表姐关于女管家的委婉说法，”盖里解释道，“那是个过时的说法，在词典上就能查到。凯伊，快查查看。”

“别说傻话了，”埃利斯太太说，“你们的嘉丽表姐就是想说卡明斯太太能够照看你们而且比较负责任。她可能是一个和蔼的中年人，能够给你们带来快乐而且适当地监督你们。”

“好吧，她可能会稍微监督一下我们，”盖里说，“我不知道一个快乐的家庭是什么样的。不要这样看着我，我亲爱的妈妈！你知道的，只要你不给我做坏榜样，我们可一直都是好榜样。我猜卡明斯太太整晚都会教我织东西，而让凯伊大声读报纸。”

埃利斯太太当然是出发得越早越好，所以接下来的几天，大家都非常忙。坦白地说，不论是谁去新墨西哥州，马丁都感到非常嫉妒。这种好事似乎只有女孩的份，因为她们知道怎样处理这样的事情。他非但不同情妈妈，反而觉得她太幸运了。其实凯伊心里也多多少少这样想。她为妈妈有这样一次机会去改变环境和体验生活而感到高兴，但要是让她去该有多好啊！因为圣达菲[①]让她想到了所有自己喜欢的事物：阳光、色彩，那是一个充满新气象的世界。最重要的是，在那里她有机会见到画家和作家。凯伊的心里既充满着渴望又充斥着痛苦——不是因为妈妈，而是因为生活本身——生活像是被装进了行李箱，里面堆放着叠得整齐的林林总总，而机会总是不期而至，想得到的总是得不到。

和对待其他事情一样，小卡洛琳对这件惊动全家的事情的反应十分平静。在大家看来，足以让大家心绪起伏不定的事情，这个小孩却总是能够泰然处之。但是没有人知道她的小脑瓜里具体在想些什么，因为她都是在静静地、

① 圣达菲是新墨西哥州的州府。

郁闷地沉思。盖里走进了小卡洛琳舒服的小卧室，发现小卡洛琳坐在床上，陷入了深深的沉思中。

“盖里，肺上有阴影是什么意思？”

盖里想了一下，说：“就是你感冒很严重，但是又没能好起来。这时，一些东西就会沿着你的肺往下走，然后麻烦就大了。如果不小心还会染上肺炎呢！”

“你觉得我的肺上会不会也有阴影？”

“不用觉得，你肯定没有。”

“那么，这个，”小卡洛琳一本正经地问，“你说这是什么！”说着她拉开了自己的法兰绒睡衣，指着自己硬邦邦的胸脯上的一个红点儿说。

“这个嘛，”盖里把蜡烛拿到小卡洛琳的跟前，仔细地检查了一下，说，“可能是去年夏天蚊子咬的吧。”

“但是它正好就在我的肺上，都好几个月了，也没见它消失。”小卡洛琳的声音里充满了担心。

“那是因为你一直在挠它，”盖里的话无情地打碎了小卡洛琳仔细思考很久的梦，“现在快闭上眼睛睡觉吧。”

从收到玛格丽特姑妈的来信到最终做出决定，大家只用了一天的时间。这时，埃德娜已经到了他们家门口，她还是像往常一样欢乐。

“你在那儿玩得开心点儿，不要担心家里，埃利斯太太！”埃德娜说。盖里和马丁正忙着把行李放进后备厢里。

"我会时不时过来看看孩子们。在我接到另一份工作前，我会把这一堆东西都送到车站，但是我可能不能把它们准时取回来。我给你拿了个垫子，你垫在身后，现在路上的车辙都结冰了，车开起来会很颠簸。"

玛丽·罗德跑了过来，和往常一样，连帽子也没戴。

"再见，不用担心孩子，我和尼尔都在呢。要是烟囱坏了或者天变冷了，孩子们可以过来和我们一起住。我们家的空间大着呢，我说的是真的。吉米说，如果你在新墨西哥州方便的话，能不能给他寄一只角蟾，但是我告诉他你会很忙。希望你的外甥女快点儿好起来！"

"我也希望她用不了几周就能好起来。"埃利斯太太说，大家都忙着跟她拥抱告别。"我希望玛格丽特姑妈自己很快就能空下来，或者其他人去也行。孩子们，照顾好自己，每周都要给我写信！"

车随后就开走了，渐渐地消失在颠簸的山路上。玛丽立马拉着小卡洛琳回家，和雪莉一起烤饼干去了；马丁吹起了口哨，声音比往常压抑的声音要大一些；凯伊和盖里对卡明斯太太有些怀疑，满脑子都在想她会怎样帮助她们。

卡明斯太太昨天就到了。是埃德娜把她从车站接回来的，她扶老人下车时脸上的表情着实耐人寻味。卡明斯太太一直在微笑，嘴里喋喋不休，用盖里的话说就是"像老鼠一样"。卡明斯太太进屋十分钟就确信，这一家子一切都不错，她可以和这些可爱的孩子好好相处，而且是实实在在地好好相处。但是她那表情一开始就让凯伊觉得很不舒服。她们根本不用担心她或关心她怎么住，因为人家无论在哪里都会过得很舒服。

她们把卡明斯太太的卧室安排在起居室旁边的小客厅里，里面有一个壁炉。把家具稍微移了一下，她们就把卡明斯太太的房间安排妥当了。凯伊和盖里让卡明斯太太先收拾自己的行李，等到吃晚饭时再叫她。卡明斯太太表面看起来对这里的一切都很满意，但是凯伊离开她的房间时，正好看到她偷偷摸摸地跑到床边掀起床垫，检查了一下床垫是用什么做的。

埃利斯太太和卡明斯太太进行了短暂的交谈，她认为卡明斯太太总体来说还是一个比较容易适应他们家生活的人。

但是在埃利斯太太离开的最初的日子里，如果说有什么事情让凯伊和盖里非常想念她的话，那就是卡明斯太太的到来了。如果仅仅是他们几个孩子在家，虽然看上去有些空落落的，但不至于非常糟糕。但是一个陌生人的忽然闯入，就让情况变得有些复杂了，尤其是这个陌生人还是卡明斯太太，感觉她在这个家里简直无处不在。

虽然凯伊和盖里觉得嘉丽表姐的这个选择不怎么样，但是姐妹俩还是尽量让这个老太太感到舒适自在。她们设身处地地站在了卡明斯太太的角度想，如果自己在陌生的环境中会怎样，所以她们尽量把卡明斯太太当作客人对待，表现得非常友善。不可避免的结果就是过了不久，卡明斯太太就真的鸠占鹊巢了。

她的东西真是出奇得多，一个房间压根就放不下。凯伊是一个非常有条理的人，平时她总是把房间收拾得整整齐齐，现在她也必须尽量习惯卡明斯太太的杂乱无章。她的眼镜、围巾、编织品、她想穿或是脱下来的外套、她觉得她马上就会读的报纸，扔得满起居室都是。更糟糕的是，有时竟然扔在了某个角落或瓶子里，而卡明斯太太早就像松鼠一样把这些东西占为己有了。其中有一个是凯伊放在碗柜上的喂宠物的中国碗；另一个是壁炉台，凯伊总喜欢把那里打理得井井有条。但是这个老太太非认为这个台子特别适合放置自己容易遗忘的或者是可以一眼就看到的小物品。整个起居室只有一个像样的台灯，卡明斯太太坚持非要把台灯放在桌子上一个固定的位置。那样，灯光就可以完全照到炉子旁边她专用的舒适的扶手椅上了，但是屋子里其他人就几乎什么也看不到。

“我之前就说过，她很像老鼠。”盖里过了几天又说。

厨房也一样糟糕。卡明斯太太想按照自己的想法安排一切。

“你们不觉得我们把杯子和碟子放在这儿，把面包盒放在那里更方便吗?”

“你们不觉得我们应该把橘子放进柜子里，而不是放在这个蓝色碗里吗?这样桌子就可以腾出来放食物了。”

“你们不觉得……”

盖里负责房间外的事情，马丁则帮忙，她也同样遇到了麻烦。平常盖里总是会把木柴箱装满，悉心照料炉子。但是刚到下午三点，卡明斯太太就开始担心木柴不够烧一晚上的，随后又念叨:“你不觉得，虽然现在炉子很旺、很暖和……”

一天早上，盖里说:“听我的建议准没错。”并且很严肃地把原来放橘子的蓝色碗重新放回了原来的位置，“如果你们一直这样让步——就算只有一次——她也会得寸进尺。”

然而，家却随着卡明斯太太的意愿在不知不觉地发生着变化。除了刚来的第一周，之后的日子里，其实卡明斯太太并没有做什么，她就喜欢一动不动地坐在屋子里取暖，但是很喜欢支使别人，所以嘉丽表姐说的“适当地监护”就再名副其实不过了。就连三餐的时间也发生了变化:卡明斯太太不吃早餐，所以她中午早早就饿了，晚饭也提前了一个小时，她说这样正好可以“避开”其他事情。避开其他事情和让事情更方便，本来两者是风马牛不相及的，但是卡明斯太太异常坚定地把它们连在了一起。更糟糕的是，她常常提起不在的佩妮，而且还非要称呼为“你们心爱的妈妈”。

小卡洛琳是和卡明斯太太相处得最好的一个。卡明斯太太似乎对小卡洛琳有一种独特的喜欢，可能是因为小女孩对老人说的话有着浓厚的兴趣，总之小卡洛琳喜欢跟着她、看着她，有时听卡明斯太太讲她曾经住过的各种地方，小卡洛琳都会听得入神。这些地方就连各种细节，都传播到埃利斯一家的边边角角了。

“你真是个土老帽！”卡明斯太太时不时就会这样说小卡洛琳，而小卡洛琳好像把这看成了一种对她的表扬。

凯伊和盖里，包括她们的弟弟妹妹溜到罗德家的次数也越来越多了。

“如果她自己连偶尔一顿晚饭都不做，那么她来你们家干什么？”一天下午当凯伊解释说必须赶回家做饭时，玛丽直截了当地问道。

“关键不是这个，”凯伊说，“盖里和我并不介意做饭，反正我们也经常做。最不舒服的是家里有个陌生人，所有事情都不合她的心意，鬼知道我们来来回回把家变动了多少次就是为了适应她。她说自己的房间就像个冰窟窿，但是我们把家里多余的被子都给了她，炉子也在她的房间里，昨晚我和盖里差点儿冻死。她好像和刚来时一点儿都不一样了，但是我猜你肯定不会了解人是怎么变得这么快的。”

“我跟你说，一看到她，”玛丽已经去过埃利斯家不止一次了，所以很有发言权，“这世上我再也想不到其他东西，只能想到卡尔·桑德伯格写的‘象鼻虫’①！”

“你们得好好给我讲讲这个老太太。”埃德娜有一天专程开车过来看看这几个孩子过得怎么样，还不到两分钟，就下了这样的结论，“我想，我得做很多事情了。”看到凯伊一脸的不开心，还有盖里那勉强的微笑，埃德娜体贴地说：“孩子们，现在就上车，我带你们去镇上看电影。我今天晚上有空，路也比较好走，睡觉前我再送你们回来。”

要看的电影——就算是淡季，只要当地电影院街角的小卖部里有热巧克力，就已经足够让这几个被困在山上好几周没有出门的孩子感到开心了。他们太高兴能够看到外面的光亮、商店的窗户和马路上来来往往的行人了。行驶在结冰的马路上，仰望着皎洁明亮的夜空，孩子们开心地大声唱着歌，而埃德娜则在颠簸的路上熟练地左躲右闪，这几乎是他们最快乐的一晚了。他们回到家时，对埃德娜表示了感谢，浑身又充满了力量，至少足以应对卡明斯太太一周了。

尼尔总是叫卡明斯太太为“老女孩”，每次他见到凯伊和盖里都会问：“和你们的老女孩相处得怎么样？”

“你们知道吗，你们这儿还没有开始行动呢。”尼尔有

---

① 卡尔·桑德伯格是19世纪末至20世纪的一位美国诗人，曾写过一首名为《棉铃象鼻虫》的民歌，讽刺那种只知道蚕食别人劳动成果而自己什么也不做的人。

一天说，“你们应该做的就是让她忙起来，明白吗？就像对待一只刚来到陌生地方的猫一样。如果她忙着做事，就没有时间抱怨了。”

“我觉得自从她来到我们家后，我们什么也没做，就是一直被她支使得很忙，”盖里说，“这就是让我们最头疼的地方。”

“好吧，几天前我们在马路上，就在这儿，坦诚地聊了一会儿，”尼尔继续说，“她向我抱怨乡下的一切都很糟糕，我表示很赞同她的话。真的，我能抱怨的比她还要多呢。我就稍微顺着她的话说了几句，她就像只小羊，脾气变得顺从了，而且我能感觉到我给她留下了不错的印象。她觉得我是一个不错的、安静而且聪明的家伙，特别是觉得我是她可以真正相信的人。我跟你们说，老人就需要让他们忘记烦恼，带着他们出去好好玩玩。我决定改天晚上好好收拾一下自己，穿上最好看的衣服，然后带着她去威利中心或者去乡下别的地方跳舞。不信你们等着看！”

但是尼尔的玩笑没有起作用，事情变得越来越糟糕了。

最觉得难以忍受的便是凯伊了。盖里还好，因为她总是能够在屋子外面找到一些事情做。她宁愿在外面冻着，也不愿待在屋子里听卡明斯太太无休止的碎碎念。就连家里没有收音机，她都会抱怨一番，因为她觉得现如今每个人都应该有一台收音机。她抱怨的事情远不止这些呢！谁愿意一直被拐弯抹角地提醒别人家的建造、装修或收拾有多么多么好，或者是听卡明斯太太讲自己女儿家的小房子有多么温暖舒适！她说别人压根想象不出来她女儿的家收拾得有多么干净，就像新家一样；她还说丈夫在第二天就给自己买了一个打蛋器。她经常说自己曾住过的别的地方的乡下都有电、火炉、水暖设备，说人家楼上楼下都有自来水，说别人的一切一切如何如何好。她说自己完全没法忍受炉子、乱七八糟的脏东西或灰尘，至于水泵——现在谁还能忍受得了这东西，太不方便了！

卡明斯太太让人感觉她过去一直生活得很富裕。她上一次待的地方是长岛，在那里她有自己独立的卫生间，还可以淋浴，一切都是那么舒服。她说凯伊应该见识一下别人是如何生活的，尤其是那些生活得比较惬意的人。她一直在传达着这样的观点：如果没有一些昂贵的物品，贫穷——哪怕是短暂的贫穷都是丢人的。她说，斯特林太太有一间很舒适的公寓，她会经常去那儿帮她家做一些缝纫工作，或者是在春天帮忙打扫卫生。她说她会帮助斯特林太太做所有的事情，因为她是一个善良的女士。如果她早知道要去的地方是——这儿！那也是无法避免的，所以只能尽量在这里过得开心。

狗急尚且会跳墙呢！一天早上，水泵出乎意料地被冻住了，大贝莎也不知怎么停止了工作，小卡洛琳晕乎乎地忘记了在校服里面穿上自己的厚外套，而凯伊发现自己哪一件事都没法做好。这时她终于被卡明斯太太惹怒了。

“如果您觉得自己女儿的家很舒适的话，卡明斯太太，如果您对这儿的一切都不满意的话，我觉得您最好还是回去吧。”凯伊说。

盖里当时正在修理水泵，还要顾着后面厨房正在烧的热水，她简直不敢相信自己的耳朵。因为凯伊几乎没有发过脾气，这是为数不多的一次。盖里感觉到凯伊的语气和妈妈完全被气疯了时没有什么两样。

紧接着，凯伊和卡明斯太太就你一言我一句地争辩了起来。凯伊的话简短有力，她有些颤抖但有理有据。自从妈妈不在家后，她第一次有自己是一家之主这种奇怪的感觉。卡明斯太太回到了自己的房间。吃午饭时大家也出奇地安静有礼貌。随后，盖里对着饭盘小声嘀咕：

“你觉得她真的会走吗？”

“她已经假装想离开好些天了，我告诉她随时可以离开。她现在可能正在收拾行李呢。盖里，我没法再多忍受她一天了！”

“我知道，姐姐。你能把这些说出来我太高兴了！不管怎样，反正我们的家又会和以前一样了！”

“我觉得妈妈知道后肯定会很担心，嘉丽表姐说不定会气疯，但是我不在乎。如果有需要的话，我们可以再找别人。”

“不要再想嘉丽表姐了。真要好好感谢你！就算是妈妈，也无法忍受那个老太太一天的，我知道！想想那些没有工作的家庭主妇，如果她们知道和我们在一起很快乐的话，肯定愿意来我们这里。”盖里迅速地使劲把牛奶罐移了出来。

“我知道这个地方不是什么抢手的地方！这里的冬天不舒服，道路泥泞，过得比较辛苦，但是也没有必要每天时时刻刻都在抱怨啊。”

卡明斯太太再次走了出来，仔细地关上了身后的门。她是出来打电话叫出租车去车站的，这让埃德娜感到很丢脸。但是冬天每日只有一班火车——盖里应该早告诉她的——这就意味着她们还要一起尴尬地相处二十四小时。

卡明斯太太通过对小卡洛琳异常的温柔来表现对其他人的冷漠，她对小卡洛琳表现出一种虚伪的同情。她对家里其他人的沉默，让人感到她是安静地服从这个决定而并没有别的意图。但是凯伊随后发现事情并没有结束。

“还差三天才到下个月，卡明斯太太。我妈妈走时已经支付了您这个月的工资，所以我觉得我们互不相欠了。”凯伊第二天早上说。虽然在吵架之后感觉有些不自在，但是她还是希望卡明斯太太离开时大家是和和气气的。

“你还需要支付我下个月的工资呢，埃利斯小姐。”老太太反驳道，她很早就抓住了凯伊没有经验的这个弱点。

“下个月的工资？”

“一个月的工资，一个月的解雇违约金，这是很容易理解的吧，埃利斯小姐？是你解雇我的，而不是我主动不干的。据我所知，我应该是在这儿干至少两个月，所以这是我应该得到的金额。更不用说我是拒绝了另一份非常好的工作才来你们家的，就因为我的拒绝，非常谦和的斯特林太太不得不……”

“您没必要担忧斯特林太太。”凯伊气得脸色发白，说，“我会亲自告诉她一切原委的。我想她需要很长时间才能给您另一个职务！”

头脑最冷静的盖里并不在场，凯伊没法征求她的意见，更没有时间跑到玛丽家去问一下。所以凯伊走到楼上，从埃利斯太太放钱的盒子里拿出了四张钞票，那些钱原来是她走之前留给家里用的。凯伊走下楼来，平静地将钱放在桌子上。

她太生气了，直到出租车开走，才想起来要把这事告诉盖里。盖里发出了惊呼声。

“天呢，凯伊！她没有权利再拿四十美元的！”

“我不知道，她说得再给她四十美元。我当时气疯了，压根没法和她理论。我宁愿给她四十美元让她消停后走人。虽然我知道自己这样做是个十足的傻瓜，我也不相信她说的这让她错过了别的工作。但是如果她继续待在这里的话，我们还是要付给她这些钱的。”

“那就要看看她能否暂时瞒住嘉丽表姐吧！不过，我们也应该感到庆幸。这样，嘉丽表姐就什么也不会知道，妈妈也用不着担心了。高兴点儿，凯伊！房子又是我们的了，而且再过三天就是圣诞节啦！”

玛丽·罗德的评价既简洁又直中要害。

“这个老贪婪鬼！”听完盖里告诉她的整件事后，玛丽大声吵道，“想想用四十美元除掉了什么！如果你问我，我不知怎么回答，但是这价格已经很便宜了。”

还是一样的起居室，但没有了卡明斯太太乱七八糟的东西后，让人感觉空得有点儿古怪。凯伊和盖里发现她们仍在思考是否尽了最大努力让卡明斯太太感到舒适，有没有按照那位老太太的要求对她再有点儿耐心——人总是在自己不喜欢的人离开后会感到有一些不舒服的遗憾，但是对自己喜欢的人就不会有这种感觉。不管怎样，就像盖里说的，还有三天就到圣诞节了。

第五章　方法和途径

圣诞节就这样欢快地到来了。这是一个纯白的圣诞节，一夜之间整座村庄银装素裹。四处没有风，树木和灌木的枝条上挂满了白色的积雪，门口的枯草也突然变得美丽夺目了。

这些天，孩子们都忙着互相隐藏秘密，就连长辈也不愿意透漏。圣诞购物似乎是专属于年轻人的事情——他们老早就根据邮购目录买了东西，现在东西已经到了，彼此都保密着呢！昨天快递过来的东西真多啊，而且令人兴奋，就连平时总爱发牢骚的快递员都对等在箱子旁的小卡洛琳微笑了。除了买的东西，还有厚厚的一沓爸爸妈妈的来信和圣诞卡片；还有几个包装华丽而且贴着标签的包裹，要等到圣诞节那天早上才能打开。

有一个包裹是妈妈寄来的。其中一条细长的绿宝石银质链子是送给凯伊的，一个看起来很奇怪的印度小碗是送给盖里的。佩妮为马丁准备的礼物是用印度皮革做成的钱包；送给小卡洛琳的是一枚很小的银戒指，形状像条蛇，蛇头上还镶着一块绿宝石，小卡洛琳戴在中指上正合适。

“我们要是也能送件礼物给妈妈就好了。”凯伊边说边拆箱子。

“凯伊，你寄给他们的卡片很温馨啊！爸爸妈妈收到你的卡片肯定比收到其他的东西都要开心。而且小卡洛琳还送给了他们茶壶柄，虽然谁也不知道那是用来干什么的。”

“我猜他们可以在新墨西哥州沏茶。”小卡洛琳一边说，一边研究戴在她红红的小手上的戒指。

“佩妮用什么不能沏茶啊！”盖里直接把小卡洛琳的话接了过来，但是马上就改口了，“她肯定能发现茶壶柄的用处，即便是天气好时用它把东西拿到楼上去晒一晒也不错。如果爸爸在圣诞节收不到你寄给他的揩笔器，他也可以在新年的时候用啊，反正心意是一样的。不要再担心啦，快点儿打开剩下的礼物！”

有一个箱子里是玛格丽特姑妈寄来的糖果，还有一盒糖果不知道是谁寄给凯伊的。小卡洛琳收到的是丝袜和手帕，而马丁收到了一条领带。还有好多送给小卡洛琳的长袜和短袜，溜冰裤也是送给小卡洛琳的。剩下的礼物还有：一个刺绣的手帕盒，那一定是嘉丽表姐从集市上买到的；一本日记本、三条羊毛围巾，还有一件非常漂亮的棕色外套——亲戚们今年很注重打扮；一只白色的陶瓷猴子，它的眼睛是玻璃做的，后面还有一个插花的孔；一瓶浴盐，一只用绿茶皂做的小兔子，身上披着粉红色的毛巾。

“肯定有人觉得我们的浴盐不够用了。”凯伊说。

“他们可能是对的，但是想想如何在这样的天气里，在一个通风效果如此好的厨房的锡浴缸里洗澡！真希望我们早点儿收到这浴盐，这样无论如何也会给卡明斯太太留下深刻的印象了。”盖里说，“现在我们核算核算吧。我们把一盒糖果送给罗德家吧，这样比较好。马丁，别弄散了。我们去他们家吃也一样。我会把我的日记本送给尼尔。虽然这本笔记本很高级而且实用，但我还是让埃德娜下次去十美分店时帮我再带一本。我们家用得了三条围巾吗？”

“我们可以给玛丽一条啊，但是我更想把这件外套送给她。”凯伊下定决心，“这件毛衣很漂亮，再说我的毛衣都好好的。对玛丽来说，我觉得这件毛衣比围巾更实用。”

“真棒！”盖里说，语气异常柔和。因为她知道凯伊的毛衣根本就没有那么好，她的那些毛衣都不知穿了几年。“多出来的围巾我们就送给吉米吧。小卡洛琳，帮我从抽屉里把那卷红纸拿出来。你看看能把这些丝带弄平整吗？”

绿色的枝条摆放在壁炉台上，中国碗里的松枝也蔓延到了地上，整个房间都散发出圣诞气息。两天前，尼尔带着孩子们上山砍了两棵小树，每家一棵。他每年都要进行这样一次远足活动。凯伊也整理了放在箱子里的“圣诞树装饰品”，小卡洛琳过去就是这么称呼它们的。大家一年年地把这些装饰品保存了下来，就连六月份打包行李搬家的时候，也没有忘记带上。因为之前无论在哪里过圣诞，大家都会用它们装饰，所以树上挂着大家再熟悉不过的五颜六色的小球；还有闪闪发光的金银水果——能挂多少就挂了多少；打了蜡的圣诞天使因为大家的经常爱抚也变得有点儿脏了，它站在枝头向大家微笑；玻璃纤维的小鸟静静地站在天使下面，好像在叽叽喳喳地叫个不停。

“圣诞天使正向这只小鸟咧嘴笑呢。”马丁说着，用手扶正了这个老朋友。这只小鸟已经掉了半个翅膀，老是倒向一边。

“我认为它还是可以用的，”盖里回答，“那儿！我觉得它们看起来都还不错。”

盖里又检查了一下包裹。要不是仔细看，谁也不能察觉到这个印有冬青的丝带已经用过两次了。今晚，大家会在罗德家吃晚餐，但是要等到七点才能开饭。因为每年圣诞节那天尼尔都会出去打猎，所以晚餐要等他回来后才能吃。

孩子们整个早上都在滑着雪玩，但不是在马路上，因为马路太陡太危险了，没有大人的陪伴，小孩子是不能在上面滑着玩的。他们是在罗德家谷仓后面的牧场玩，那里偶尔会有些石块和不平整的凸起，正好让追逐更加有趣。小卡洛琳穿上了那条新的滑冰裤，裤子很长很暖和，包裹了她的脚踝。雪莉也穿了条棕色的。小卡洛琳的是从纽约的商店里买的，而雪莉的是通过备受信赖的邮购目录买的。两个小女孩费力地在雪上走着，身后还拉着雪橇，看起来像两个长腿精灵，一个是棕色的，另一个是绿色的。

凯伊和盖里刚出门就碰到了打猎回来的尼尔，茶褐色的猎狐犬山姆跟在他后面。尼尔肩膀的一边背着枪，一个虚弱柔软的黄褐色东西垂挂在他的另一边肩膀上，一直垂在他们脚边的雪地上。

“圣诞快乐！用一只漂亮的狐狸过圣诞节怎么样？”

“圣诞快乐！我们还没有用狐狸来庆祝过圣诞节呢！”盖里快速地回答，因为她讨厌看到任何死去的东西。更何况那干净的闪闪发光的皮毛、仍然柔软的爪子和尖尖的鼻子让她内心有一丝丝遗憾：刚才这个活生生的家伙不是还在蹦蹦跳跳的嘛，那么骄傲，那么漂亮！但是尼尔在为捕捉到一只狐狸欢呼雀跃、兴奋不已呢，因为盖里知道一只狐狸的毛皮能卖十美元，而十美元对罗德家来说可不是什么小数目。“挺漂亮的，尼尔，你是在哪里捕到它的？”

“在上面那座弯山上。我跟了它三个小时，走了整整六英里。我和老山姆决定要是不打到它，我们就不回家吃晚餐，我猜我们应该能捕到。”

“它有多重呢？”马丁问。其他的小孩子也好奇地围在了周围。

“现在你可以猜猜，要比一只大猫重一些。它浑身都包裹着皮毛，这也是为什么很难打到它的原因。很多次我都以为打到它了，其实打到的都仅是它的皮毛。”

“它看起来像只狗。”小卡洛琳说。但是走近后，小卡洛琳发现它和狗还是有一些不一样。它半闭着的眼睛微微斜着，牙齿闪着白光，嘴唇充满威胁意味地向上翘起，这都能让人看出野生动物和家养动物的区别，即使死了也能看出来。“这种东西最好还是不要让我见到。”小卡洛琳想，她又想起了上次躲在谷仓后面哀叫的那只灰狐狸。

“要不要感受一下漂亮温暖的皮围巾呀，小卡洛琳？”

当尼尔将死狐狸举到小卡洛琳的肩膀上时，她害怕地缩了回去。

玛丽在门口等着他们。厨房里飘来了烧鹅、肉馅饼、苹果酱和烤甜土豆的阵阵香味。孩子们争先恐后地跑进了厨房，坐在已经将晚餐摆放好了的大餐桌前。晚餐吃得非常开心，吃完饭后大家又吃了糖果，喝着玛丽自己酿制了三年的蒲公英酒，他们还向不在场的人举杯祝福。

“这样才叫晚餐嘛！”吉米说。

“那是前年的圣诞节，”尼尔说，“我已经有一段日子没有工作了，我们一家坐在餐桌旁正吃美味的腊肠和煮好的土豆。我也忘记了我们是在哪里弄到的腊肠。忽然听到门外有撞击的声音，就在柴房门口。老山姆跳了起来，差点儿把桌子撞翻了。我打开了房门，院子里站着一头两岁大的雄鹿，那是我见过的最好看的雄鹿了。一定是山上有狗追它，它才跑到山下的。它肯定是吓得半死了，才正好闯进我们家的院子，然后不知道该往哪里跑了。我看着它，它也看着我，随后它喘了口气，又继续往牧场跑去。这时我问玛丽：‘你能打到它吗？我们的圣诞晚餐正在门口呢，但是我们碰都不能碰它一下！’”

“那时候是不是不能随便杀鹿？”马丁问。

“是的，除非到了狩猎开放季节——但是在那时候是见不到鹿的，或者是鹿在你自家的土地上，而且你能向狩猎管理员证明它对你们家造成了破坏。且不说法律不法律的吧，我在任何时候都不想杀鹿，但是那次除外。它就站在那儿，我的枪就在墙角，而我的圣诞节只有腊肠可以吃。”

客厅里的炉火燃烧了好久。收拾完盘子后，四个大人坐在了一起；两个小女孩在玩过家家，她们摆弄着玩具床、吉米和马丁做的并且涂好漆的小桌子、新的陶瓷茶具和闪闪发光的坛坛罐罐；男孩们又接着出去滑雪玩了。玛丽拿出了钩针开始她才编织不久的地毯，身边还有一箱已经裁剪好、缠成一团的碎布。凯伊一看到那柔和的褪色的破布，就立马开始支着儿怎么设计了。玛丽和凯伊凑在一起编织时，盖里和尼尔则在炉火边玩起了跳棋。兰杰太兴奋了，平常这会儿它早就睡了，可是现在它正和最小的猫咪一起在地板上玩彩球呢，一会儿互相追逐一会儿团在一起，好不欢快！

凯伊他们起身回家时天色已经变暗了，马丁站在门口送他们时说："如果你们哪天不在这儿住了，我肯定会想你们的，我希望你们一直住在这里！"

"如果我们搬走了，我们每年都会来这里过圣诞节！"

看到玛丽如此熟练地编织着地毯，凯伊心里又开始痒痒了，她也想织一块。和做其他事情一样，凯伊做事情给人的感觉总是雄心壮志和非同寻常的。她把家里的大衣箱和卫生间翻箱倒柜地找了一遍，就为了找到可以染色的旧布料，因为他们家扔掉的衣服就没有几个颜色是她想要的。玛丽借给她一根不用的编地毯的钩子，尼尔给她做了个编织架子。凯伊还给埃德娜写了信，问她是否有染料和粗麻布。盖里从来不在乎自己的手会不会被弄脏，她负责在厨房的炉子旁调配染料、煮染料。他们家的平底锅和茶壶已经染上了很奇怪的颜色，而且很难擦掉。现在天气还很冷，挂在门外的东西都结结实实地冻住了，所以柴房外挂着一条条冰冻的彩色色带。盖里准备的过冬做色拉吃的各种蔬菜，如果能够发芽的话，可能要面临长成"约瑟夫的彩色外衣"[①]的风险了。编织要比凯伊想象的难一些，当把碎布穿入坚硬的粗麻布时，凯伊感觉指尖真是钻心地疼，但她还是忽略这些，坚持不懈地织着。

① 当时非常流行一本填色书，名字叫《约瑟夫的彩色外衣》。

除了偶尔会剪一剪碎布，小卡洛琳没有参与姐姐们的活动。就这样她还觉得累呢！她开始深深地担忧圣诞节后的日子了。男孩子们仍在忙活自己的事情，雪莉也因为感冒躺在家里休息，所以小卡洛琳只能漫无目的地闲逛。一天早上，当大家准备和和睦睦、安安静静地商量事情时，盖里转向了小卡洛琳。

“小卡洛琳，你就不能看在老天爷的分上找些事情做吗？整个家和整个康涅狄格州就你在闲晃着。你不能这样一直到处闲逛。现在走开——快点儿！”

“我这就走！”小卡洛琳生气了，像一只愤怒的小鸡，“我现在就走，你没必要显摆你的聪明！不要觉得留着那样的发型，你就真的是阿梅莉亚·埃尔哈特[①]，你看起来愚蠢极了！可惜你不是她，就算你把她的画像塞在抽屉里偷偷观看，你也不是她，别以为别人都不知道！”

盖里假装弄了下抹布，眼睁睁地看着小卡洛琳气鼓鼓地回房间了。

“这孩子的脾气越来越坏了，也不知道这些天她着了什么魔。”凯伊说，因为小卡洛琳走的时候“砰”的一声关上了厨房的门，“反正不是受罗德家的影响。”

“你有没有听说雪莉也像她这样完全疯了？”盖里不

---

① 阿梅莉亚·埃尔哈特是一名美国飞行员，她是第一个独自飞越大西洋的女性。

由自主地笑了，“就得佩妮好好管管她，只有佩妮能管得了她。”

“不仅仅佩妮能管她，如果她还不好好改改自己的脾气，很快，我就会好好管管她。小女孩到了这个年龄哪里有这么令人讨厌的。”凯伊似乎完全忘记了自己这么大时也经历了这样的叛逆期。

“好在周一就要上学了。我们还是看看我们的账单吧，现在情况怎么样？”

“焦头烂额啊。”凯伊满脸忧虑地盯着手里密密麻麻的一堆货物订单，“所有的账单都一起寄来了。我已经付过了话费，我觉得我也付清了肉市场的钱。但是上半个月的账单似乎都来了，这是杂货的。盖里，你还记得我们上个月吃了四打鸡蛋吗？应该不会啊，我们一直都是从玛丽那里取鸡蛋的啊。”

“有时候鸡不下蛋啊，”盖里记了起来，“玛丽也没有足够的鸡蛋给我们，所以肯定是那时候我们买了鸡蛋。”

“还有黄油，我们都用黄油干什么了？我一点儿也记不得了。佩妮说每周要检查一下我们的账单，我总是这样打算，但是我猜我没有这么做。卡明斯太太在这儿的时候，我们肯定订了一大堆东西。她永远都在告诉我东西不够，我觉得我当时就是记下来也没检查一下。圣诞节的时候我们确实是多买了一些东西，而且花在买肉上的钱也很多，那是因为我觉得马丁和小卡洛琳每天都要走着去赶校车，所以他们回家时应该吃些好的。蔬菜也是，小卡洛琳不怎么喜欢吃大白菜，我一直以为菠菜很便宜，但是菠菜竟然是十八美分一磅[①]。我还给马丁买了鞋子，这些都是额外的花费，但也就花了三美元啊。”

盖里仔细研究起摊在桌子上的账单，小声惊呼道：

“看起来仅仅在吃上就花了很多啊。你是做什么了吗——是仅凭自己的想象做的购物计划吗?”因为到目前为止家务事都是凯伊一人负责。

“我会检查食物柜，然后买一些我们没有的和我觉得我们需要的东西。佩妮也是一直这样做的啊。我猜大概是我太担心我们的东西不够吃，所以每次都买多了。自从佩妮走后，我们似乎花得更多了，这也算正常。”凯伊忧虑地说，“我们这个月付钱买东西时一定要非常节省才行，我讨厌张口要钱。况且佩妮写信说她在那儿还要付看牙医的费用，我也从来没有告诉她，我多付给了卡明斯太太一个月的工资。现在要是有那四十美元，一切问题就都解决了。”

“她也不怕被这些钱噎着。”盖里说，她指的是卡明斯太太，而不是佩妮，“但是就算噎着了我们也不知道，所以我仍然不舒服。我希望我们能找到一些赚钱的方法。当

---

① 1磅约等于0.45千克。

前最好的办法是赚更多的钱而不是省钱。但是现在也没有什么值钱的东西可以换钱。”她盯着屋子看了一圈，“地毯吗？谁知道猴年马月才能织完呢，再说有谁会买啊。”

“那根本没用，因为到处都是钩织的地毯。我其实还有一个办法，但似乎不会起什么作用。去年春天我见过一个人，他看到了我的画，而且挺喜欢。他说或许我可以做一些画插图的工作。他认识一些杂志负责人和出版商，想给他们看一看我画的一些画。我好几个月都没有收到他的回复，内心还有一点儿期待，然后有一天他给我写信回复了。”凯伊停顿了一下，“他说有人觉得我的画还可以，但并不是他们想要的那种。其实我知道画画就是再创作。他们肯定是想在使用我的画之前让我参加一年的插图课，这样我的画就更有使用价值。这件事他处理得非常友善，我猜他肯定遇到了不少的麻烦。事情就是这样。”

“凯伊，这有什么好丢人的！你竟然只字未提！”

“又没有什么用。不然现在也不会告诉你了，只是我讨厌整天坐在家里，感觉自己什么事情也没有努力做过似的。”

“你可以画画啊。”盖里热心地说。

“我会画画，但是画得不够好。唉，这些我都知道，让我崩溃的是有的人甚至都不了解你的状况就开始给你提一些意见，并且告诉你一些你自己也明白的道理。我非常清楚自己应该做什么，只是我不能做而已。我需要努力学习、观察事物，或许应该四处走走，亲自和出版商谈谈，我应该学一些我不知道的知识，但在这里什么也做不了。”

“为什么不去镇上待一阵子呢，家里由我照料。”

“那也没什么用，”凯伊摇了摇头，“我能做的就是等，仅此而已。我也不知道自己为什么会向你大吐苦水，有时我真的会忍不住发牢骚，因为我有好多事情想做，却一点儿机会也没有。我觉得每个人到了十九岁就应该自己养活自己了，再看看我！”

这时，门外有敲门声，尼尔走了进来。

“早上好，我有没有打扰到你们开会？”

“一点儿也没有，我们刚才正在成立一个筹款委员会呢。”说着凯伊迅速将账单放到抽屉里。

“你们真幸运。”尼尔大笑，“我们在家都不能这样做，我们只能找到方法，却总是找不到途径。”

凯伊笑了：“我们也一直是这样。雪莉怎么样啦？”

“好多了，正在沙发上剪纸娃娃呢。玛丽想知道你们有没有多余的咖啡借给我们一点儿，因为我得到吃晚饭的时候才能去商店。我想我得去看一眼你们的柴堆怎么样了。我猜这几天应该会有寒潮。”

“还要下雪？”凯伊问。

“看情况应该是这样。据我推测，今年的降雪会和往年一样，天气也会随之变冷。如果是这样的话，盖里，我就把我的老雪橇拿出来，我们一起去滑雪橇。再把所有的孩子都带上，我们来一次真正的家庭聚会。”

“太棒了！”

凯伊看上去不怎么开心。“你是说天气会比现在还冷吗？”

“当然了，现在压根还没开始冷呢，”尼尔回答，“现在也就是普通的冬天的天气，不信你等等看。”

当晚，盖里在看一堆她整理好的报纸和杂志，有几行字吸引了她，她停下来仔细阅读。

“听着，凯伊，快过来看看，这正是我们需要的。”

那是《文学评论周刊》，嘉丽表姐把它和其他杂志一起寄过来了。报刊堆不下时，嘉丽表姐总是能够时不时地想起她的乡下亲戚。盖里指了指页面角落里的广告：

> 作家需求：乡下安静的房间和普通的食宿，或者是共享的小屋。需要单独的工作空间。
>
> 通情达理的 Z.Y.3

“你是说出租房子吗？你疯了！”

“我没疯，这会解决我们现在的困难。听我说，她可以住在客厅里。这里既暖和又安静，我们可以把那儿装饰装饰，这样她就可以整天关着门写作，只要她愿意。她可以和我一起吃饭，自己单独吃也行。如果她需要隐私，我们就不要让她看到任何她不想看到的东西，那样最好不过了，那就意味着我们不需要做任何事情取悦或是打扰她。而且我们家也需要有个大人，这样佩妮就不会担心了——你知道她总担心我们，上封信还担心我们自己在家里呢。况且是她付给我们钱，而不是我们付给她，何乐而不为呢？”

盖里扔下了报纸，感觉一下子就决定好了所有的事情。

“但是盖里——我们甚至连这个人是什么样都还不知道呢！万一她是个非常挑剔的人呢？”

“只有还不错的人才会在那种刊物上登广告。”盖里坚定地说，“她再挑剔，还能比卡明斯太太更挑剔吗？报纸上说普通的食宿，天知道我们的食宿有多普通，如果她来了，我们或许还能有钱改善一下我们的伙食。刊物是哪一天的啊？”

凯伊翻开看了看。

“三周前的。”

“没关系，她可能现在还没有找到合适的房子呢，我们还有机会。凯伊我们今晚给她写信，现在就写。”

盖里开始翻找桌子上的信纸和信封。

“这可能是一个坏主意，”凯伊在思考，“要是我们知道……”

“知道什么？”盖里不耐烦地抬了抬头，“我跟你说，这肯定是个好主意。坐下来，开头应该怎么写？”

盖里盯着面前的信纸仔细地想了一下。

“亲爱的女士，我们看到了您的广告……”

“不行，”盖里想了片刻后回答，“所有人都会这么写。我们不能让她感觉我们这是茶室或者公寓。交给我吧，凯伊，我们的回复得让她感兴趣，应该这样开始。”

她拿了一个坐垫和一支铅笔坐在沙发角落里，和往常陷入沉思一样，下颌靠在蜷缩的膝盖上。

“不要把什么都写上，让她误以为我们这里比实际的还要好。”凯伊再一次提议，她在震惊之后也开始感兴趣了。

“你以为我是傻瓜吗？我会把最糟糕的情况告诉她，这样就不会有任何落差感了。”

盖里打了十分钟的草稿，一会儿停下来一会儿擦掉。不一会儿，她说：“听听这个。”

亲爱的Z.Y.3女士：

如果您真的想在乡下找一间安静的房间创作，我们家有一间舒适的小客厅，里面还有个宽大的壁炉。我们家现在有四个人，我姐姐是一位艺术家。这里是原汁原味的乡村，我们除了一部电话，没有什么现代通信工具。您可以自己做饭，也可以和我们一起吃家常便饭。除非您自己同意，否则我们不会打扰您写作，而且我们平时都很忙。我们家没有收音机，离马路大约有七英里远。我们很喜欢这里，我觉得您应该也会喜欢。

最诚挚的

玛格丽特·埃利斯

“我把这称作是无懈可击的信。”

“为什么你还要提到我呢？”凯伊反问道。

“为了向她证明我们和她是同一类人啊。如果她想和我们住在一起的话，她肯定很想知道这一点。而且你不能说我哪里写得不真诚。”

“你写得太实在了，”凯伊抱怨道，“你是想让所有读完这封信的人都想来到我们这里吗？”

“你和我这样的人都会来的，起码像我这样的人会来。大多数作家不喜欢收音机，这也是我说我们没有收音机的原因。这样她就不用担心这个了。”

“她会有许多其他的东西！你对怎么收费也只字未提。”

“我需要说吗？我觉得她应该会说的。天哪，凯伊，我们应该怎么收费呢？”

“一周五美元？”

“你疯了吗？十五美元或者更多还差不多。”

“盖里，我们不可以这样！我们家连浴室都没有。”

“我已经给了她一些暗示，不是吗？厨房里有旧浴盆，我们会把嘉丽表姐送给我们的浴盐放在那里，让她免费使用。我们需要支付我们的货物账单啊，不要忘记这一点。

玛丽告诉我，农田那边靠近湖的房间每周房租是十六美元。要不我们收她十四美元？那么一个月就是五十六美元。如果是一个真正需要安静环境的作家——她肯定会愿意支付的——让你花五十六美元去其他地方住住，试试你能得到什么！"

"这对我来说太贵了。"

"我们需要像生意人一样。"说着，盖里在信的下方添上了一句，"十四美元一周您觉得可以吗？"

盖里用自己结实有力的手认认真真地抄了信，并在信上标明了地址。随后又在信封上贴上了邮票，放在壁炉台上等着第二天早上寄出。直到忙完这一切，盖里才爬上床睡觉，毛毯盖住了她的耳朵，这时黑暗的房间里传来疑虑不安的低语。

"盖里……我在想，广告上的那个人也没有说自己是位女士啊，要是男的怎么办啊？"

盖里的声音隔着毛毯模糊地传了出来。

"那样更好。如果是男的，我们就让他帮我们砍木柴。他应该会需要某种锻炼吧。"

凯伊叹了口气。

"好吧，我们收到回信时就知道是男是女了，前提是如果我们能收到回信的话。"

但是在收到回信前，有更多的事情等待着她们。

第六章　困　冬

尼尔真说对了，第二天早上整个天空都灰蒙蒙的，到了中午就下起了雪。开始是大片的漫天飞雪，然后越下越大，最后遮住了万物，像极了白色的窗帘。落在门边的雪花静静地堆积着，还有一些在山谷中飘荡。孩子们放学后一路欢叫着回来了，一个个小脸都红彤彤的。雪花落在他们身上，厚厚的一层，又散落在他们的脖颈里。雪花顺着门缝飘飘洒洒地钻进了屋子里，盖里用半掩的门挡着强风呢。

“现在雪都有四英尺厚了。吉米说如果雪还不停，明天马路上就不能走人了，除非有人来清除路上的积雪。”

雪的确一直在下。盖里和马丁赶在门外的柴堆被大雪覆盖之前，把木柴一捆一捆地抱回了屋内。他们的手套早就湿透了，手指在里面都冻僵了。

“天哪，这些足够我们度过一个大暴雪天了！”马丁大声叫道，顺便脱下了沉重的手套，扔到地板上。

“就你那么想。”盖里忧虑地说。她可是专门负责大贝莎的“生活起居”的，所以她知道这个怪胎每天要吃多少木柴！

到了吃晚饭时，房子北面的雪已经堆积到半个窗户高了。小卡洛琳拉开窗帘向外凝视，外面成了白茫茫的雪的世界。

第二天学生们不用上学。打开厨房门便能看到雪堆，雪已经淹没了马丁的膝盖。牛奶送来时比往常晚了一小时，吉米艰难地在无人行走的积雪上跋涉着。通往信箱的这段路已经清理出了一条很窄的小路。不久，尼尔就用力拉着两匹马出来了，马后面拉着他自己做的铲雪车。尼尔把三根很重的木棍钉在一起，钉成了一个粗糙的三角形状，铲雪车就做成了。铲雪车摇摇晃晃地在山上拖行着，男孩子们还有小卡洛琳牢牢地抓住后扶手，大声尖叫着。它划出了一条路，把路中间的雪都高高地堆在了路两边。

顺着马路往下，镇上的铲雪车正在不停地铲雪。那辆铲雪车真是让人过目不忘。它是个黄色怪物，一边发出“嘎嘎”的声音，一边把一堆堆雪高高扬起。尼尔打算在山脚下掉头，所以他停了下来，和孩子们一起等着，想看着镇上的铲雪车经过。

“嗨，你要干什么——把雪橇给弄坏？”看着铲雪车往前走，尼尔大喊。

司机咧嘴笑了笑。

“在我们铲掉你的马之前，最好把它们牵下马路！”

马儿站在雪地里，呼出的热气飘在空中。马路和灌木篱墙在热气中闪闪发光。尼尔壮实的身体稳稳地站在铲雪车上，双脚分开。孩子们戴着编织的帽子和围巾，猎犬老山姆坐在他们身边，伸着舌头——整个画面是如此温馨，与不停息地下着的大雪形成了鲜明的对比。

“我和我的马在做一件伟大的事情，”尼尔懒洋洋地说，“等你和那辆黄色的铲雪车一起铲完马路上的雪，我们就又要开始新工作了，还要为再次把它们堆回原处费一番工夫。”

“是吗？怎么没有在周五晚上的格兰奇舞会上见到你？”

“是的，我和好友本打算去的，但是最后她还是决定不去了。好像是因为她听说你要去。坏事传千里啊。快跑，亲爱的！”

马转身跑到了清理好的路上，转了一个大大的圈。铲雪车司机探出身来，挥了挥手，随后又继续与山上的积雪做斗争了。沉重的木头铲雪车像是在大海上倾斜的轮船，孩子们紧紧靠着彼此保持平衡。

“简直和平底雪橇一样好。”尼尔说，“抓紧了，我们会绕着谷仓转一圈，然后就回家。我会在那里给你们铲出一条干净的路，好让你们乘雪橇。”

马在牧场斜坡的雪堆上抓挠折腾了好一会儿，铲雪车铲出了一条宽敞弯曲的路。路面非常平滑，而且宽度非常适合雪橇在上面滑行，两边是高高的雪堆。

到了下午，天越来越冷了，寒冷的薄雾漫上了山坡。孩子们谁也舍不得离开，但是小卡洛琳早早便回家，跑到炉子旁去暖她那冻得发红的小手了。

凯伊紧紧地裹着毯子，在窗边按碎布的颜色分类呢。

“滑得过瘾吗，小卡洛琳？”

“还行吧。”

“赶紧脱下你身上的衣服，雪正顺着你的身体往下落呢！”

小卡洛琳开始漫不经心地脱起来，看她脱了这么久，盖里就走过来帮忙了。

“外面发生了什么事情吗？”

“没有……就是我自己累了。”

“你全身都冻透了，”盖里语气尖锐地说，“你自己应该意识到这点，然后早点儿回家。”

小卡洛琳挣脱开，跑到了一边。

“我才不冷呢。告诉你，我浑身热死了。我觉得我也有些头疼。”

凯伊和盖里对视了一下。

“到沙发上来，我给你盖上被子，你先睡会儿，吃晚饭时叫你。”

尽管屋里大贝莎一直燃着，但是玻璃窗上还是开始结冰了，而且结得比以往要早。盖里用手指甲在透明的玻璃窗上画了画。“快看！今晚肯定会很冷。”

“现在已经零下十五摄氏度了。”进门时马丁兴奋地大喊，冻得通红的脸上都结上了霜，“气温会一直下降。尼尔说今夜还会更冷。”

晚饭时，小卡洛琳丝毫不见好转。她变得有些急躁和易怒，极不情愿地喝了一杯热牛奶，就上床睡觉了，但是很早之前已把她从沙发转到她姐姐们的卧室里了。因为凯伊她们的屋子比较暖和，地面通风板下面就是大贝莎高耸的炉顶。有了这个通风板，在这寒冷的天气里无论是穿衣服还是脱衣服都比较舒服。所以毫无疑问，女孩们今晚会非常高兴。

“我要把火烧得旺旺的，直到明天早上。”盖里说。

为了阻挡风，盖里一直不停地往大贝莎那血盆大口里塞木块。但是夜晚风向变了，炉子里的木块非但没有保持缓慢地燃烧，反而早已燃尽了。第二天一大早，盖里下来时发现炉子里只剩下一点儿泛着灰色的灰烬了。一道寒光透过冰封的窗户钻了进来，厨房里所有的东西都冻得结结实实的。

盖里一脸木然地看了看周围，然后穿上大衣向柴房走去。她得去劈些木柴，因为昨天马丁滑雪玩得太兴奋了，完全忘了自己的工作。这会儿，木柴箱里几乎没有木块了。盖里抓住水泵时，水泵手柄只是闷哼了几声，但是所幸水壶里还有水——确切地说是冰。她把厨房炉子里的火点了起来，把结冰的水壶放了上去，然后又回去倒腾大贝莎了。

马丁听到了盖里昏昏沉沉地穿着睡衣和拖鞋在屋子里走来走去、上下牙直打哆嗦的声音。

“怎么了，炉子里的火熄灭了吗？”

“不是！我就是想让它变小点儿！”

屋子里火星到处飞。盖里手里拿着火棍，一脸怒气地转身回答马丁，她的脸上因为点火而弄得脏兮兮的。

“披上毯子去厨房的炉子边坐着等我——别让火熄灭了。看着点儿咖啡壶，我很快就回来。”

盖里把新劈好的木块直接放在还有些温度的炉灰上，新的木头放在上面，然后打开了炉子的烟囱。剩下的只能靠大贝莎自己努力了。

马丁窥视了一下咖啡渗滤壶。“你觉得喝结冰的咖啡会不会不大好？”

“没关系的，当然没什么关系，我都不知道喝了多少次了。”盖里太了解马丁了，他对在报纸上读到的不好的信息总是记忆犹新，尤其是关于他自己称为“化学反应”的那些。盖里虽然也有一点儿犹豫，但是一想到要把这些宝贵的咖啡直接倒进污水桶里，她还是及时地把咖啡壶从马丁的手里夺了过来，重新放到炉子上。“这里的咖啡足够我俩喝了，等冰融化了，我会再煮些新的。你拿几个杯子出来，千万不要弄出什么动静，我不想在屋子还没有暖和起来前就把凯伊吵醒。”

现在炉子里的火已经欢快地燃了起来。盖里和马丁坐在炉边，双脚放在炉子的壁架上，喝着昨晚剩下的咖啡。屋子里渐渐地暖和了起来，小小的火星不时飘到玻璃窗上。

“二摄氏度。”盖里走到两个房间中间的门廊上，看了看挂在上面的温度计，“谁知道现在外面什么样呢！”

他们那天不知看了多少次温度计。尼尔说的寒潮果真过来报仇了。尽管天气很冷，马丁还是打算去上学。但是尼尔过来送牛奶时说吉米会待在家里，所以马丁想自己最好也待在家里吧。他整个早上都在马路对面，仅仅穿过马路都会让他觉得自己是一个北极探险家。

“昨晚都零下二十八摄氏度了，”尼尔告诉他们，“我和玛丽整晚都守在炉子旁，生怕火灭了。现在也得是零下二十三摄氏度吧，或者我猜得不对。绝对不能让孩子在这样的天气赶校车上学。”

然而，如此寒冷的天气还能令人有些振奋呢，盖里心里这么觉得。当她走到院子里，感到刺骨的冷风吹到脸上时，一股莫名的兴奋涌上了心头，她终于知道真正的严寒是什么样了！

凯伊非常担心小卡洛琳，她蜷缩在炉子旁，一点儿精神也没有，浑身发抖，小脸烧得红彤彤的，小手冰凉，湿乎乎的。

“这是典型的感冒，”盖里说，“要是佩妮在的话，肯定会给她弄一堆东西，然后让她上床躺着。我把楼上的鼓形炉点上，在她上楼之前，我们把屋子里弄得舒适暖和一些。”

这回小卡洛琳什么也没有反驳，她就想缩在床上，躺着不动。她从来没有过的顺从着实吓坏了她的姐姐们。

“我要是能体会到她现在的感觉就好了，那样我起码能做点儿什么啊。”凯伊无助地说。但是小卡洛琳甚至都不愿意告诉姐姐们自己怎么样了。她躺在那里，用手帕擦鼻涕，拒绝所有安慰，她现在只想让佩妮在自己身边——她每次生病时，佩妮都会在她的身边。

但是佩妮现在在新墨西哥州。

盖里去了罗德家，和往常遇到紧急情况一样从容不迫。她随后拿着从玛丽家借的体温计和玛丽一起回来了。

“三十八摄氏度，”玛丽说，“我觉得就是感冒。你们可以打电话让医生过来，但是他离这里有八英里地，现在路上这样的情况，肯定很难开车过来。尼尔说今天路上应该连个车的影子都看不到。我告诉你应该怎么办。如果小卡洛琳一直高烧不退，甚至到了明天还没有好转，你为什么不去找赫西小姐帮忙呢？她是社区护士。”

“她会过来吗？”

“当然了。她住的离这儿也不远，不用开车。我们联系她是最方便的了。去年春天雪莉生病的时候她就特别热心。如果你需要医生的话，她也会马上告诉你。我把她的联系方式写下来留给你，体温计也留在这里。”

玛丽离开了，她带给大家的那一丝丝安慰也随之消失了。

“你觉得会不会是那什么啊？”凯伊很担心。

盖里知道凯伊说的“那什么”是指肺炎。这个字眼一直堵在她们心里，谁也不愿意说出口。

“如果是的话，她的体温应该更糟糕。”

电话那头的赫西小姐乐呵呵的，感觉很淡定，因为最近很多人都得了重感冒。她让小卡洛琳躺在床上，说自己明天会过来看看。

“好吧，我想我们也只能这样做了。”凯伊说。

凯伊上楼坐在小卡洛琳的身边，在书架上看到了《爱丽丝梦游仙境》，就拿起来读给小卡洛琳听。但是读到中间的茶话会时，她的上下眼皮开始打架，牙齿也开始打战，她觉得自己的四肢越来越疼。当盖里端着一杯热咖啡上来时，她发现病人已经不止小卡洛琳一个了。

“我猜我应该是得了流感，”凯伊说，“我以前也得过，不过至少我们现在知道是流感了。”

所有的事情都一起来了，盖里想。她把凯伊也安置到了床上，然后去楼下拿体温计，顺便把热水倒进水瓶里。

当她把凯伊完全安顿好时，厨房炉子里的火已经很小了，水泵又冻上了。当水终于烧开时，水壶偏巧碰掉了炉子上打开的门。盖里赶忙去接住它，却不幸被烫伤了手腕。

马丁连忙跑到食品柜子里去拿橄榄油，却发现早被冻住了。盖里只好抹了一点儿黄油，马丁给她包扎时，她的手指一直在颤抖，痛得直咬嘴唇。

“没关系的，就算烫伤也没什么大不了的——至少带走了病菌。现在把衣服袖子拉下来——啊！幸亏受伤的是左手，不然我们的情况就更糟糕了。”

当天晚上比以往任何一个晚上都冷。凯伊和小卡洛琳卧病在床，整间屋子都被一股阴暗的氛围笼罩着。盖里和马丁在炉子旁吃了晚餐，然后向窗户外看了看，想到了刚入冬时大家互相询问：“你觉得还会比现在更冷吗？”现在，寒冷是他们最大的敌人，它潜伏在整幢房子外，用力挤进门槛，想尽一切办法钻进屋子里来。如果不是因为雪堵住了许多缝隙，屋里肯定还会更冷。

盖里决定今晚不能再让炉子灭了。她和马丁一起小心翼翼地把沙发拉到另一边，生怕吵醒了楼上的凯伊和小卡洛琳。马丁从自己房间里拿来褥子还有毛毯，他们打算在大贝莎身边过夜，就像士兵在营火旁放哨一样。

“你还脱衣服睡吗？”马丁问。

“今晚不脱了。”盖里点上了那盏结实的灯笼，把它放在楼梯台阶上，灯芯开始变暗。盖里穿着衣服躺了下来，身上盖着陈旧的红色被子。

“那我也不睡了。”

“别说傻话。”盖里说。

影子映在斑驳的泥灰墙上，墙上的裂缝和凸起使阴影看起来非常奇怪。大贝莎时不时冒出一道长长的光，从烟囱里跳出来一点点火花。食品柜外有只老鼠，它丝毫没有受到寒冷冬天的影响，正忙着吃东西呢。盖里的手腕开始不舒服了。刚才她一直在忙，没顾上它，现在因为暖和，伤口开始疼痛了。

口口声声要陪着姐姐的马丁很快就睡着了，他紧紧地裹着毛毯。但是盖里一丝困意也没有，她仔细听着楼上的动静，一刻也不敢放松警惕。随着时间越来越晚，屋子里也越来越冷。盖里听着外面冰雪“噼啪”和“咔咔”的声音——突然迸发的断裂声和低沉的巨响声，好像房子也在绝望地和寒冷这个劲敌做斗争，那些古老的木头随时都可能断裂。盖里从来都没有听到过这样的声音。那声音好像是从脚下、从四面八方传来的，紧接着是一声巨响，像是手枪打中了一动不动的什么东西。在灯笼透过来的微弱的光线下，盖里看到了马丁满是吃惊的脸，眼睛睁得大大的，坐在褥子上。

“那是什么声音？”

“我猜就是冻裂的声音，快睡吧。”

马丁蜷缩在毛毯里。

“我不喜欢这声音。假如……盖里？”

“假如什么？”

“整幢房子会不会塌了？”

“不会的，顶多也就是霜冻得比现在更严重。”

盖里起身往炉子里加了些木柴，然后蹑手蹑脚地爬到楼梯中间，看看凯伊和小卡洛琳有没有被吵醒。还好楼上一点儿动静也没有，笼罩在她周围的只有空旷的寂静，让人下意识地保持警觉。房间外面时不时传来霜冻裂开的声音。现在才深夜两点，盖里又盖上被子，渐渐地打起盹来。

等她再睁开眼时，天已经亮了。马丁比她醒得要早，他已经烧上了水，还煮了新咖啡。他生怕自己煮得不好，用了双倍的量，现在滤壶完全地沸腾起来了。盖里喝了一口苦苦的咖啡，脸抽搐了一下，但是这样对她来说更好。

凯伊的烧已经退了，但还是感觉很虚弱、不舒服。马丁那天早上成了家里的顶梁柱，他尽可能地做好自己力所能及的事情，因为他突然意识到整个家正面临着困境。他把木柴抱进屋子里，打扫了起居室，洗了碗，还一直担心地看着盖里，生怕一不留神盖里就在自己面前晕倒了。事实上，盖里也感觉自己很不舒服，她的头“嗡嗡”直响，走路时脚下的地板好像在晃动着。她好几次都停下了手里的活儿，咬紧牙关，生气地对自己说："盖里，振作起来！你这个白痴，你现在不能生病！"

那天早上时间过得格外漫长，到了中午，盖里几乎对自己放弃了希望，这时赫西小姐来了。盖里看了赫西小姐一眼，心里就舒服了些。赫西小姐长得很敦实，言行举止间都透着体贴。她不知穿了多少件衣服，脱下外套后，打开了放在桌子上的小黑包，系上了一条新围裙。随后她走进厨房去察看水壶，把炉火拨旺了一些。她和盖里聊了聊天气，询问了一下罗德一家的情况（尤其是雪莉和吉米，他俩都是她接生的）——好像在零度以下的天气开车，行驶在结满冰的马路上，来照料六英里以外的一家陌生人完全是家常便饭。对于赫西小姐来说，无疑是这样。

"幸亏尼尔·罗德在马路冻上之前铲了雪，"她高兴地说，"不然的话，要么来不了，要么肯定得费很多工夫才能来到这儿。这已不是第一次我在暴雪天被叫出来了。很明显，我们正处在严寒和暴风雪期，马路上的一些人也生病了。我知道这肯定是避免不了的。这条路我有时候可过不来的。"

赫西小姐到楼上帮凯伊和小卡洛琳量了体温，熟练地铺了床、抖了抖枕头。她给小卡洛琳从头到脚洗了洗，小卡洛琳感觉这样专业的洗澡很重要，精神振奋了一些。然后赫西小姐用酒精擦了擦凯伊疼痛的四肢。

“现在你们需要休息。”她走到楼下时告诉盖里，“如果有需要的话，我后天再过来看看，但是我想不用了。寒潮结束前不要让孩子出门，你姐姐恢复之前也别让她起床。在床上躺两三天她应该就能好了。你自己感觉怎么样？”

“还好。”盖里说。

赫西向盖里投来赞许的眼光。

“不要硬撑着，你要是也有点儿发烧，就去床上躺着，然后给我打电话。我们可不希望你也病了，只要用得上我们就尽管说。你的手腕怎么了，烧伤了？”

“水壶的水溢出来烫着了。”

“我给你包扎一下。”她再次打开了她的包，拿出药膏和绷带，“这么冷的天最容易出事了。在这样的天气里四肢都麻木了，手里拿的东西不是溅到自己就是切到自己，或者是掉在脚趾上。现在感觉好点儿了吗？”

“好多了，谢谢你！”盖里充满感激地把袖子拉下来，盖上了里面单薄柔软的衣服，“我……我们……玛丽没有说应该付你多少钱。”

“五十美分。”赫西小姐迅速回答，扣上了自己的外套。

她再次拿起自己的小包离开了，又开车下山去拜访其他受困扰的家庭，带给大家很多安慰和鼓励。

寒潮又持续了五天。凯伊和小卡洛琳已经能够起床走动了。但是除了马丁，谁也不能出门。马丁和吉米每天都要花上一段时间在山脚下的小池塘边溜冰。每天盯着温度计和照看炉子的生活真是单调乏味极了。

第六天晚上，盖里黎明时分就醒了。她突然有一种奇怪的感觉，好像有什么事情要发生。空气里也似乎有一种不同寻常的气息。坐在黑暗中，盖里整整想了一个小时到底是什么事情。是的，寒潮终于要结束了。

第七章　盖里找了份工作

虽然还是很冷，但是空气里弥漫的那种令人苦闷的气息似乎消失殆尽了。现在终于可以出门，肆无忌惮地呼吸新鲜空气了。

埃德娜开车来看望大家了。在最寒冷、流感最严重的那段时间，她给盖里他们打过两次电话，询问他们过得怎么样，但是一直没有机会过来看看。

“我就是个蹩脚的人，”埃德娜解释道，“以前我压根不敢直接在这样的路上开车，但是现在就算用牙齿开上一整天的车，我也得过来看看你们！”

埃德娜今天穿得格外好看，她戴了新帽子、新围巾，还穿了件新外套。她手上戴着一副时髦的毛皮衬里的驾驶手套，这是她的一位忠实顾客老妈妈送给她的圣诞礼物。

“我把所有的新东西都穿上了，就是为了向你们显摆显摆。”她大笑着说，“我还有一双红色的拖鞋呢，要不是因为开车，我也穿过来了。对了，车后座还有一个圣诞礼物，因为我们已经有两个，不需要这个了，所以我带了过来，打算送给小卡洛琳。”

“不可以换成别的东西吗？”凯伊问。

“这个没办法换。虽然各种尺码的都有，但是每个尺码只有一个。”埃德娜走向车子，从里面拿出了一个方形的包装好的盒子，上面还牢牢地缠着绳子，“打开看看。”

盖里剪断了绳子，发现盒子里有些动静，发出“沙沙”的响声。这时，一个引人注目的黑色鼻子从一堆薄纸中伸了出来。

“这是缅因浣熊猫，”埃德娜说，“我叔叔婶婶住在缅因州，他们家的猫多得数不过来，所以他们会时不时送给我一只。他们家还经营着一座奶牛场，谷仓周边都是猫。通常夏天去奶牛场的人都很喜欢这些猫，所以经常会带走一些。叔叔总是说要用枪打死一些，但是真的要行动时又不忍心。牛奶厂里有足够的牛奶和食物，所以我猜这些猫不会打扰任何人。这只小猫看起来很聪明，但是我们家已经有两只了，谁家也不能养这么多猫啊。我多么希望衣服的寿命能和猫一样。我们家那只老苏西下个月都十三岁了。”

小猫早已经从盒子里跳了出来，开始在屋子里四处走动。它一身乌黑的毛发又长又密，眼睛散发出琥珀色的光芒。盖里正忙着给它找盛牛奶的碟子，凯伊大喊：

“小卡洛琳会喜欢它的。它长得好像波斯猫呀，但是更漂亮，它们都是这样的颜色吗？”

“大多数都是黑色或黄色的。但是我记得它们小的时候大多是黑色和白色的，还长着白色的爪子。它们过去都生活在房子后面的树林里，没有几个人能靠近它们。婶婶家之前还养了一窝黄色的，但是大多数都被夏天来牛奶厂的人带走了。在乡下很适合养黑色或黄色的猫，要是你养了灰色的浣熊猫或虎斑猫，它们可能就会被当作兔子或松鼠捕杀了，你就会失去它们。尼尔·罗德打猎时已经算是很谨慎的，很多猎人在看到有东西移动时，还没看清就会直接开枪。”

那是小卡洛琳病后第一天回学校上课。埃德娜带来了切片火腿，还有一个在家烤的馅饼。所以她们三个在起居室一起吃了午餐，小猫在屋子里来来回回探索着。

“我觉得有一天我会身兼两职的。”埃德娜端起了第三杯咖啡，说，“我听说这附近有份工作，只是我觉得我没法干。那是住在国道下面的柯林斯太太家，就是在牛奶厂的对面、校车停靠的地方。他们家做小型的园艺生意，叫路边园艺——培养花和蔬菜幼苗。春天时，我们经常在她那里买西红柿苗和胡椒苗。她的丈夫是个跛子。不久前，她生了第一个宝宝——就是在寒潮来袭的那些天——那时候她姐姐过来照顾她，但是现在人家得回家了。所以，她想找一个人照看他们家，直到自己身体恢复。这就意味着必须每天去那里，我可办不到。”

“我都不知道你还有另外的工作。”凯伊说。

“出租车生意不忙时，只要能做的我都做。夏天我会帮别人打扫、照看小屋；春天我也会时不时做些清洁工作。住在乡下，你自己就能学会做大部分事情了。对于柯林斯太太，我还是感到很抱歉的——她人非常好——我能做的也就是尽力帮她找一个能去她家工作的人。”

当时大家都在听关于圣达菲的最新消息呢，那是从大声朗读佩妮的来信获得的。每次埃德娜过来玩时，大家都会互相说一说当地别家还有自家的消息。最后，当埃德娜起身要走时，盖里说：

“我陪你走会儿，然后再自己走回来。”

她穿上了橡胶靴子和风衣。车子开到半山腰时，盖里说：“我想试试这份工作，我觉得自己可以胜任。”

埃德娜笑了笑，刹住了车子。

“好样的，我把你载到那里。她见到你会很高兴的。”

“这份工作主要是干什么呢？”

“做家务、准备晚餐，可能还要洗洗盘子。赫西小姐每天都会过来，所以你不需要照顾小孩。”

“我觉得这些我做得来。虽然我不是那么精通做饭，但是她可以告诉我她的想法和要求。”

“我就说你在哪里都可以适应，果然没错。”埃德娜说，

“你看，这里虽然没有多少正式的工作，但要是有人需要帮忙时，只要能做到，任何人都会尽其所能地伸出援手。我猜他们也没有多少钱，但是一周应该会付十美元。”

“这比我之前赚的都要多啊，”盖里说，“几天前我还说在乡下没有机会赚钱呢，现在机会就来了。但是我不想在凯伊面前提起这些——直到我确定自己得到了这份工作。”

埃德娜很清楚，其实可能还有另一个原因。

“我还记得一件事情，仿佛就发生在昨天。”埃德娜一边说着，一边将车子拐到下面的路上，“我十四岁那年，想买一条新裙子参加我们这儿的教会野餐，但是我一分钱也没有。所以我在一个管寄宿学校的女士那里找了份刷盘子的工作，每天去两次。那时候我姑姑正好待在我们家，你可以想象她听到我去洗别人家的碗而不是自己家的时是什么表情，她觉得那份工作非常不体面。但是我妈妈很通情达理。她说：‘如果埃德娜想赚钱，那就让她好好干，这样她还能学到些东西。我从来没有听说过洗碗还要管是洗谁家的，只要洗干净就好了。’所以我买到了裙子，一条非常漂亮的裙子。那可是花了我整整八美元，一笔不小的费用啊。”

盖里几个小时后才回到家。虽然跋涉在漫长陡峭的山路上，盖里却感到那么轻松和自信，这种感觉她偶尔才会有。到家时，她发现马丁和小卡洛琳早就放学回来了。进门时她吹着口哨，把帽子扔在桌子上，向大家宣布：

“好吧，我找了份工作！”

小卡洛琳正忙着和小猫玩呢，完全没有注意到姐姐在说什么，但是马丁抬起了头。

“什么工作?”凯伊尖叫，“盖里，不会是刚才埃德娜说的那个吧？你那样偷偷溜走时，我就猜到你要去干什么！”

盖里抬起了下巴。

“我真不明白为什么，这又不是我们家人第一次做些有用的事情。我告诉你，我觉得自己现在就是百万富翁。我从来不知道什么事情竟能让我如此兴奋。我只知道我讨厌从别人那里拿着工资却不肯好好干活儿，因为我知道别人家也不是轻轻松松就能赚到钱的，也需要好好打理，况且柯林斯太太人也很好。她既年轻又漂亮——长得有点儿像你。他们家的孩子可爱极了，我从来没有见过那么小的生命！凯伊，要是你到她家去，你肯定不会怀疑我说的这些。柯林斯坐在床上，身上穿着粉红色的夹克，小孩儿就包裹着放在旁边的布篮子里。她一边削土豆，一边哄着小孩。当我告诉她我愿意过来时，她一开始好像被吓到了。因为她听说我们是从城里来的，直到我告诉她我们的家庭以及我们是如何努力生存的，她才放下心来。我立马从她手上接过了土豆削起来，因为我觉得这样才能证明我会做。”

盖里笑了笑，她还记得当柯林斯太太看到自己迅速拿走放土豆的碗时的表情。埃德娜很聪明，她并没有跟进去，因为她知道盖里独自进去会更好。盖里确实表现得很好。但还是那个小婴儿促成了这份工作。盖里很喜欢小东西，当柯林斯太太看到盖里一脸热切地俯身看着布篮子里的小孩时，她对城里人的最后一丝顾虑便消除了。

“一周十美元，从明天开始上班。我希望整个冬天都能在那儿上班，但那是不可能的。虽然这样，我还有一个想法。如果我能适应她家的工作，我会让柯林斯太太给我提供一些证明。乡下经常会有小孩子出生，如果我一直与赫西小姐保持联系，那么我就有机会找到更多的工作了。”

凯伊无奈地笑了，因为她觉得盖里的想法总是那么没边没沿的，就像往水里扔了块石头一样。

“看看你到底喜不喜欢这份工作再说吧。你确定你想做这份工作？”

但是盖里非常认真，就算是每天早上要早早起床走一英里半的路，她也乐此不疲。无论做什么，第一份工作总是能让人感到兴奋，况且她现在这么年轻，与其说在别人家工作是一项任务，倒不如说是一次探险。她有条有理地洗碗、刷食物柜的架子、拖地、做饭；她眼也不眨地帮小婴儿洗衣服；她甚至学会了给奶瓶消毒、为婴儿准备配方食物，就好像她早就习惯了这些事情一样。赫西小姐过来给婴儿洗澡时，对盖里投以赞许的微笑。

“看吧，看吧，你这些天找到了新的工作啊！家里的活儿不够干啦，啊？你家里人怎么样啊？”

“还行，小卡洛琳又开始上学了。”

盖里非常喜欢这样的日常拜访。她喜欢赫西小姐轻快活泼的说话方式，喜欢听她讲有趣的八卦。盖里急忙做完自己手里的活儿，这样就能看赫西小姐帮婴儿洗澡穿衣服了。这些都是很好的经历，因为在此之前她从来没有接触过这么小的婴儿，所以学到了很多以前都不知道的东西。盖里喜欢所有的小东西，如小动物、植物幼苗，她很擅长照料它们，但是这个小婴儿是从来没有接触过的小生命，照看她的每一个细节都深深地吸引着盖里。

柯林斯太太现在已经完全没有初次见面时的难为情了。她既友善又健谈，也很高兴盖里能在家里陪着她，给她搭把手。柯林斯太太和丈夫才来这里没多久。他们结婚之前，柯林斯先生在一家苗圃公司上班。三年前，他才开始单干。他人很好，话也不多，在战争中受了炮弹伤，所以腿跛了。除了吃饭时间，盖里很少能够看到柯林斯先生。他早上也会踮着脚过来看看小婴儿一两次，他会用自己的一个指头摸摸孩子的小手，就好像在抚摸珍贵又脆弱的幼苗，他都不敢太放肆地触摸。他大多数时间都会在花房或盆栽棚里忙活。

盖里好想和他聊聊他的工作，但总是不敢。柯林斯先生培育植物和扦插的花房就和屋子挨着，从小客厅就可以进去。盖里站在厨房洗衣服或洗碗时，都能看到玻璃板后面一排排的花盆。房门打开时，温暖的泥土和潮湿的气息就会充满整个屋子。好多次盖里都想自己走过去打开门，闻一闻里面的味道，再往里面看上一眼。但她还是很严肃地提醒自己是来做家务的，而不是来沉迷于自己独特的兴趣的。一直以来，这个诱惑都没有打消，直到有一天早上，盖里还是妥协了。满手的肥皂，盖里的手一滑没有抓住门把手，向前摔了两级台阶，径直跌到柯林斯先生宽厚的肩膀上。柯林斯先生一把扶住了矮架子上的托盘，惊讶地往后看了看。当发现并不是发生了什么需要帮助的紧急事情时，柯林斯先生松了一口气，笑着把盖里拉了起来。

“要是不熟悉这些台阶，是很容易摔跤的，”他说，“你有没有受伤？”

“一点儿也没有伤到。太对不起了，刚才正好清闲了一会儿，我一直很想看看您养的植物。我很喜欢花房，从来没有机会进来看看。”

“你随便看就行。”柯林斯先生说。

柯林斯先生很礼貌地停下了手中的工作，向盖里讲解花房是怎样受热和控制湿度的。他让盖里仔细观察种在托盘湿沙里的一排排幼苗和扦插条。跟在他身后，看着他跛着腿走在种植物的过道里，盖里发现柯林斯先生非常喜爱这份工作。谈到这些植物时，他完全忘记了尴尬。盖里满脑子都是好奇，也学到了很多。但是时间过得飞快，她忽然想起自己炉子上煮着的土豆，而且还没有准备晚餐。

从那以后，只要忙完了自己手里的活儿，盖里就可以随便出入花房了。柯林斯太太现在已经能起床了，社区的护士来得也不是那么频繁了。盖里能够做的就是用超快的速度干完活儿，这样就能腾出点儿时间。小婴儿吃饱睡觉后，柯林斯太太也会午休。收拾完碗筷，盖里就会悄悄溜出来帮助柯林斯先生。有时有些植物需要喷水和浇水，有时有些幼苗需要重新栽种或腐烂的扦插条需要及时移出，还有时需要洗刷空花盆，并把它们收拾起来，或者是将用完的模具放在花房一端的大模具里——比起洗锅、擦地板，盖里更喜欢这样的工作。

“好吧，你随时都可以来这里工作，只要你愿意。”柯林斯先生开玩笑，盖里立马把话接了过来。

“如果您以后需要帮助，会让我来这里工作吗?”

“到了春天，这里总是有很多事情要做。但是我不知道你是否准备把它当作一份年轻女士的工作，而不是像现在这样一时的心血来潮。”他似乎看低了盖里对这份工作的热情，虽然盖里从上周开始就一直在这儿工作。“像这样侍弄土和瓶瓶罐罐的，会让你的手变粗糙。”

“我已经学到了很多，”盖里告诉他，“我还是个初学者，柯林斯先生，我不需要您付给我工资。与您在一起工作，我能学到很多东西，我非常愿意做这份工作。我可以替您干一些简单的活儿，这样您就能腾出时间做别的了。”

柯林斯先生想了想。

“我这儿有些玩石盆景，”他说，“人们现在都很喜欢。如果钱够的话，我就到真正的阿尔卑斯山去看看。但是我还有很多其他的盆栽要持续不断地出售，因为一包种子不能总是长在一起，需要分批播种。我的育苗箱里现在有很多的幼苗，我想今年我会有很多事情要做。这就需要分类和移植。我不知道你愿不愿意试一试这个工作，当然前提是你愿意的话。或者我们稍后看情况再说。到了春天，你会发现自己的花园里也有很多事情要做。”

“我当时不能直接给他答复，”盖里晚上告诉凯伊，“但我的意思是春天会再过去试试。那正是我想要的工作，我不想错过。”

最近路边园艺几乎没什么生意。盖里待在那里的那一周到现在为止也没见到一个顾客。但是有一天，就在她马上要离开的时候，一辆时髦的轿车停了下来，从车里走下来两位衣着华丽的妇人。那天下午，柯林斯先生正好去镇上了，柯林斯太太在给婴儿喂奶（每天下午两点婴儿都要吃一次奶），而盖里刚刚洗完小婴儿的第三波尿布，正把它们挂在厨房炉子后面的绳子上。

“下午好。我去年从你们这里买了一些漂亮的仙客来，我朋友想问一下现在还有吗？”

柯林斯太太看起来有些慌张。

“我先生知道，但是他刚刚出去了。太不巧了，我想你们能不能……”

盖里突然转过身来。

“有一些很漂亮的正在盛开呢，您是否愿意去看看呢？”

盖里从洗衣盆旁走开，不慌不忙地穿上自己的衣服，就领着她们去了花房。如果她能够帮上忙的话，她可不愿意让路边园艺错过这周唯一的一单生意！

“它们就在最里面，柯林斯先生去镇上看看需要销售的新植物了，希望我也能够为你们服务。”

其实柯林斯先生是去镇上重新申请银行贷款了，但是现在作为这个家庭的一分子，盖里觉得太实在的解释听起来并不是很好。仙客来（盖里暗自庆幸她们要的是她熟悉的植物，而不是有一长串拉丁字母名字的植物）就在花房最远端的温暖的架子上，盖里故意让参观者站在过道里等着，因为最好看的植物和幼苗都在那里。年长的那位女士恰巧对园艺颇有研究，她非常喜欢盖里的声音和长相，不止一次停下来故意向盖里问这问那。

“它们都很漂亮啊！”不久后那位年轻女士说，而盖里正一盆接一盆地从架子上把花搬到她面前，“我不是很喜欢深红色，你呢，玛丽？那里有一盆开白色花的……那是最后一盆吗？它看起来很……”

盖里很有耐心地把最后一盆从架子上搬了下来。

“不好意思，是最后一盆。但是这个浅桃红色很可爱啊，而且到处都是花骨朵。几天后这盆花应该会开得很漂亮。”（咦，柯林斯先生的一盆仙客来卖多少钱来着？）

那位年轻的女士仍在犹豫，反反复复地挑选着花盆。

“我在镇上也看到了这样的花。他们卖四十五美分。你去年也是花这么多钱买的吗，玛丽？”

盖里看了看年长女士那细嫩的手，还戴着戒指，又看了看她同伴身上昂贵的皮大衣。她想到了柯林斯家的小婴儿，这会儿还躺在布篮子里睡觉呢，下面垫着两块便宜的棉毯子。

“这些每盆七十五美分，”盖里坚定地说，“本来应该更贵的，但因为是最后一盆，所以便宜些。”

“听起来有点儿贵啊，是吧？”

讨厌的女人！盖里想，然后大声加了一句：“这些花都长得格外好，柯林斯先生从来不会往上面加不好的东西。”

“呃……”年轻女士的眼睛充满好奇地停留在盖里身上，“你一直在这里工作吗？”

“只有柯林斯先生忙不过来的时候来。”

最后，经过再三考虑，她选了三盆。而年长的那位女士独自随意逛着，也发现了想要的盆栽。盖里仔细地帮她们封装了盆栽，并抱到汽车后座上。她很自豪地回了屋子里，把六美元五十美分放在了婴儿的毛毯上。

“我猜能给小孩子买点儿有用的东西了！”

“你向她们收了多少钱啊？”

“仙客来每盆七十五美分，小的常青树每盆两美元。其实还有很多和这个品种是一样的，但是正好它们单独摆放着，那位女士一眼就相中了。她非常满意，我都觉得自己把价钱要低了，但是我很确定没有卖错，”盖里说，“我还卖给了她一盆金线吊芙蓉，只收了十五美分，就是为了平衡一下价格。”

“这是这么多天来的头一单生意啊，”柯林斯太太感激地笑着，“等乔治回来告诉他。我觉得你给我们带来好运了！”

“那位年长的女士会再来的，她是这么说的。她很喜欢这里，对玩石盆景也很感兴趣。我一点儿也不关心另一位女士是否还会再来。她穿着三百美元一件的大衣，买个花却非得省三十美分！”

“有很多这样的人啊，”柯林斯太太说，她经验十足，又补充道，“我真希望你可以一直待在这儿。”

盖里何曾不是这么想的。在这十天里，她越来越觉得自己是这个小家庭中的一员了。当工作的最后一天，她最后一次穿上自己的胶鞋，挂起自己的围裙，俯身亲吻小婴儿蜷缩在被子下的小手时，盖里感觉像抛弃了自己身体的一部分。当晚盖里揣着十美元（她坚决拒绝因为多干了几天活儿而多收钱），走在回家的山路上时，她感觉整个人都被掏空了，好像被一种想家的感觉笼罩。她承诺等时机成熟了，就做小朱莉娅的教母。她觉得此次积累的新经验和自信，比得到的工资重要多了。

大部分的雪已经融化了，但是一场新的小雪降落在这片光秃秃的土地上。这是一个柔和有雾的夜晚，也没有什么风。虽然温度计上显示天气还是很冷，但是已经开始暖和些了。尼尔宣布，今晚很适合打猎。他很早之前就向两个男孩子许诺，在有月光的夜晚带着他们去打狐狸，今晚九点就有月亮呢。

盖里回到家时，发现马丁已经兴奋得不行了。他自己做了晚餐，早早就准备好了，等着尼尔和吉米敲门叫他一起出发。

“你得穿暖和点儿！”凯伊告诫他。

“走路会让他们暖和的，”尼尔慢慢地说，“我们又不是去北极。孩子们，穿一件皮夹克就够了，里面再穿上件好点儿的外套，我打赌，到时候你们会觉得穿这些都多。我会照看好他们的。”尼尔向两个女孩子眨了眨眼，“盖里，你不去真是太遗憾了。要是我们每人打到一只狐狸，我们就会都带回来。但是如果我们还遇到了一只好的，那我们就会把它带回家给你。”

“你们肯定一只也打不到！”盖里嘲笑道。

“是这样吗？我不是特地选了今天吗？月光刚刚好，周围一切刚刚好，老山姆四处奔跑，拼命干活儿。只要它嗅到了好气味，就会唱歌叫我们。我们会翻过弯山，绕过熊谷，去大暗礁周围四处转转。我今年冬天还没有去那里打过猎呢，我和你打赌，我们肯定能带些东西回来。”

他的皮衣口袋很深，一边鼓鼓地塞着一包巧克力，另一边装着保温杯。“晚点儿见！”尼尔点了点头，拿起了门旁边角落里的猎枪。

“你怎么不一起去啊？”身后的门关上后，凯伊问盖里。

“那是马丁的一伙人，”盖里说，“而且，我不喜欢看别人猎杀动物，虽然是尼尔猎杀。呃……好吧，再回到家里收拾家务似乎有些陌生呢。”她打开炉子的门，把一根新的木头放了进去。“还记得佩妮第一次把大贝莎买回家时，我们有多嫌弃它吗？我敢说如果圣达菲有拍卖会的话，她会很开心的。想想她会带回来什么东西吧！——凯伊，我想给马路下的那家小孩做点儿什么，我得想想怎么办。”

“那儿有粉红色的毛线，”凯伊说，“小卡洛琳生病的时候，我给她让她学编织的，我猜现在肯定是一团糟——看看还剩下多少。”

“呃——呃，我最讨厌织东西了。我还是另外找找看吧。”

盖里到楼上去了，凯伊听到了盖里把箱子拖出来的声音。

“只有这个了，”她大喊着再次下了楼，“我去年圣诞节穿的桃红色礼服。前面已经穿坏了，但是后面还好好的，我们来这里之前，我就把它洗干净了。可以用这个做一块漂亮的被子。”

“你是打算把它剪了吗？”凯伊一脸惋惜地看着闪闪发光的丝绸礼服。

“你能想到我会在这里裁剪一件桃红色的丝绸女士衣服吗？在其他地方还能看到这样的事情吗？里面是羊毛，所以肯定会很暖和。”她拿起剪刀开始剪了起来，“如果我在两个角上多剪一些，再把边角四处塞满，肯定会铺得很平整。我还能用你针线盒里面的粉红色的丝绸。凯伊，现在佩妮要比她预计待的时间长。你不觉得我们在她回来之前稍微整理下房间会更好吗？”

“我也想啊，只是……”

“这是十美元，我们留着用。我可能还会找其他的工作。如果广告上的那位女士给我们回信就好了，那样我们还能有些收入。”

“她要是想来早就写信了，”凯伊说，“我们是永远不会收到她的回信的。”

“哎呀，”盖里评论道，“有些人让我感到很不舒服。我觉得即使她不来，起码也应该给我们回封信啊。”她把丝绸平铺在膝盖上，仔细地盯着看，“你现在的麻烦是什么？”

一声微弱的叫声从小卡洛琳的屋子里传了过来。

“好吧，我帮你逮到它。”盖里放下了手里的活儿，绕着屋子抓起了小猫。和所有的猫一样，对于不想要的帮助，它们可不会领情。这会儿小猫正努力趴着，爪子蜷在一起躲在沙发下面呢。“这可是我第三次把小猫从楼上拉下来了。”任谁说破了嘴，小卡洛琳也不相信不能搂着浣熊猫睡觉。真希望下次谁再送她宠物就送一只乌龟，这样起码不会跑这么快了。

“你知道吗，凯伊，”她们再次坐下来时，盖里接着说，“几天前我有过一个想法。我不知道这个想法怎么样，但可能会对我们有所帮助。你还记得你以前给小孩画的那些有趣的画吗？就是给彼利威格家的小孩子画的那些。”

“那些东西？”凯伊看起来有些困惑，“马丁过去很喜欢那些画，但是我好几年都没有想到过它们了，我甚至都不记得它们是什么样了。”

“我记得。就算我活到一百岁，我也能记得彼利威格太太的帽子，还有小彼利威格的样子。你过去喜欢边构思故事边把它们画出来。凯伊，我觉得如果你把这个做成一个系列，世界上没有哪家儿童杂志会拒绝你的作品的。”

“但是它们就是一堆没什么用的东西啊。”

“世上一些最好的作品都是没什么用的东西啊。”盖里激动地回答，“然而，那是每个人都喜欢的，你根本没必要担心它们会不会被喜欢，你只要一直继续画就够了。”

“等一下，我记得我曾经在另一幅画的背面也画了画。”

凯伊穿过屋子，翻箱倒柜地找出了一堆以前画的草图。

“这是凯里来喝茶时我画的。我那时候想要……是的，就是这个，是在动物园。”

她把画拿出来给盖里看时自己笑了。盖里是对的，可笑的小人物也会有自己的生命和幽默。远远不止这些呢，这幅画还使用了自由和精彩的线条，但深入学习画画后，凯伊似乎就忽略这些了。

“明白我的意思了吧？”

“你又来这一套！”盖里说，“他们不想让你画得更好，他们只想让你画出他们想要的东西。”

* * *

“十一点了。”尼尔看了下手腕上的表，“我们继续向前走到暗礁那里，然后找个地方把三明治吃了怎么样？”

他们已经爬到最后一座山的半山腰了，下面是一个光秃秃的闪闪发光的斜坡，星星点点地散布着他们刚才走过时留下的脚印，不时还可以看到雪地上的灰色石块。云朵不停地飘动，点缀着整个天空，月亮穿梭在其中。

他们已经走了好几英里的路，但是马丁一点儿也没有感到累。洁净美丽的天空中似乎有什么东西，皎洁的月光洒落在雪上。马丁一晚上都被来到一个陌生地方的兴奋感充斥着，就像是喝了酒一样激动。他对自己周围看到的每样东西、听到的每个声音都异常警觉，甚至比在白天还要警觉。灌木丛和牧场的墙上投下的一片黑色的影子是那么显眼和与众不同，古老的枝条交错的野苹果树在月光下显得那么奇异，山谷下偶尔从住户家中透出的微弱灯光仿佛属于另一个世界。

目前为止，他们只看到了一只狐狸。当时他们正走在一条古老的林道上，正好在前面的空地上意外撞见了这只狐狸。狐狸很安静，鬼鬼祟祟地站了一会儿，就迅速扭头消失了。吉米开了枪，但是他当时太兴奋了，手都哆嗦了。所以烟雾散去后，子弹只在狐狸站过的雪地上留下一些小洞。

“只是碰到了它的皮毛，没有打到它。”尼尔说，还指了指留下的痕迹，“太遗憾了！”

穿过山腰，现在他们可以听到老山姆因为嗅到了别的气味而狂吠着。有两声号叫特别尖锐、清晰而悲伤，就像寒冷的空气中不时传来的铃声一样。尼尔听到了。

“它会向这条路转过来。我们就坐在暗礁旁等它回来。”

他们顺着斜坡爬到了一小块高地上，高地就位于露出地面的花岗岩中间。尼尔在上面发现了一个隐蔽的可以坐下来的山洞。他们背靠着岩石，面对着山洞口。

“看到我们正前方那块又大又平的岩礁了吗？”尼尔问，“当一只狐狸嗅到猎人的气息，而且还有很远的距离才能被追上时，它总是会跑到最高的地方，这样就能够环顾四周了。一旦你知道了这个，就说明你很了解乡下，这样你也不必浪费时间跟着猎狗追逐了。你可以根据猎狗发出的声音，计算出它的追猎路线，这样你就可以直接往前走，在你确定狐狸肯定会出现的地方守株待‘狐’。狐狸现在肯定在山的另一边，很有可能会在那块平坦的岩礁上出现，直立在天际线处。它肯定不慌不忙，所以我们也不用着急。等它向我们靠近时，我们会听到老山姆的吠声。”

尼尔把枪放到了身边，从口袋里拿出三明治。

“热咖啡喝起来应该感觉不错。马丁，你不冷吧？”

“一点儿也不冷。”

他们吃了三明治，用保温杯的小盖子轮流喝了咖啡，小声地说着话。在这寂静的夜空中，老山姆的声音不时地传入他们的耳朵，忽远忽近。

“它正绕着圈呢，”尼尔说，“可能还要追上半个小时。”

昨天的风把岩礁上松散的雪吹了下来。从这个隐蔽的角度看，雪是那么温暖，山峰一动不动。马丁吃完了三明治，靠在岩石平坦的斜坡上，双手放在脑后。他看着月亮在小小的白色云朵中间躲来躲去，觉得似乎整个山腰都在自己的脚下。马丁突然站起身来，他发现周围的一切都让他感到眩晕和陌生。尼尔大声地笑了。

“人就是这样被困住的。我还很小的时候，我妈妈就告诉我，如果在月光下躺着就会感到很孤独。这是她的说法，还有一点就是夜晚潮湿的空气对身体不好。好吧，虽然这两点都不好，但我就是这么长大的！”

三明治吃完了，咖啡也喝完了。尼尔绞尽脑汁地讲了一些狩猎的故事来消磨这过得异常缓慢的时间。吉米有些发抖和焦虑不安了，他很讨厌一动不动地一直等着，他还在为刚才没有打到那只狐狸而后悔自责呢！他换了好几次位置，眯着眼看，简直是坐立不安。最后吉米安静了下来，盯着其他两个人，手里一直握着自己的那支22式步枪。很长一段时间老山姆都没有发出什么动静。

讲着讲着，尼尔的声音突然停止了。他向猎枪挪了挪，悄悄地往后指了指，手紧紧地抓住坐在他身边的马丁的胳膊。马丁向上望去。

就在他们上面平坦的岩石上，吉米的背后正站着一只狐狸。也不知道它是什么时候悄悄地爬到他们身边的，现在还离吉米那么近。要是吉米知道的话，他伸出手就能摸到它。马丁可以看到它向后仰起的嘴在无声地号叫着，可以看到它一动不动发光的眼睛。它身上的每一根毛发都显得那么清晰，在月光下像极了玻璃丝。似乎整整一分钟，它都站在那里一动不动，还抬起一只爪子，马丁几乎都不敢呼吸了。这时，吉米把头转了过去，打破了这一片寂静。雪上有些模糊，似乎有一阵风吹过，好像什么东西像一道光一样消失了。尼尔站起身来，但是已经晚了。

“快开枪！噢，孩子们，快开枪！”

“在哪儿——在哪儿？”吉米抓住了枪，疯狂地向周围看着。

“正好在你头后面！我本来可以轻而易举打到它的，但是我不能冒这个险。它就是从那些圆石那边偷偷地向我们走来的，然后一直坐在这里。好吧，我觉得这次轮到它笑话我们了。”

一会儿，老山姆慢慢地跑了过来，一脸的迷惑和失望。它看了看这个，又看了看那个，然后自责地把鼻子贴到了尼尔的手里。

“今晚就到这儿吧。”尼尔背上了猎枪，愉快地说，“就这样吧，山姆？不知道你们两个小家伙怎么样，我突然开始浑身发抖了。我猜我们应该回家了，希望下次运气能够好点儿。”

尼尔不说还没什么，马丁这时忽然感到浑身发抖、手脚僵硬。晚上的兴奋劲儿过去了，困意席卷了他的全身。

到家之前还要走很长的路，等到他们穿过最后一堵石墙进入牧场，看到黑暗中从厨房窗户透出来的灯光时，马丁已经困得不行了。

那晚睡觉时，马丁刚闭上眼，似乎又看到了月光下站在雪地里的狐狸，就像是黑暗中闪现的一幅画。

第八章　埃谢什弯山

盖里从信箱那边回来了，手里拿着两封信，看起来都很重，她连帽子都没有戴。

“种子目录已经到手啦。我有没有告诉你今天都能感觉到春天的气息了？”盖里停在小黑板旁，凯伊正在认真地削铅笔。“你打算开始画画了？我想出去走走。”

“好的。”

盖里说出去走就是真的要走走了。每隔一段时间，盖里就觉得应该到户外走走，走在长长的乡间小路上释放一下自己积累的能量。

虽然仍然是冬季，但几乎没有什么积雪了。才二月份，天空已经变得湛蓝如洗，脚下的土地很有弹性，小河里的水又开始流入路边，沐浴在微风里。盖里待在柴房里那么久，就连身上都变得又硬又脏了。

盖里迈着轻快的步伐向山上走去。她打算走到远处的平山顶去，去年刚入秋的时候她就和玛丽一起去过一次。要走上大约四英里半才能到达平山顶，先要经过糖枫林，还有位于路口的沙利文家的老旧房子，然后穿过树林走过一条窄路就到了，那里只有零星的几户人家。山洞里还堆积着一片片的雪。有些雪开始融化的地方，形成了一道道较深的车辙，泥水慢慢流了进去。等到盖里穿过最后一片树林，终于到达宽阔的迎风高地（因此得名为平山顶）时，太阳都快要下山了。盖里只能稍微休息一会儿，匆匆看两眼风景便忙着回家了。

山顶上，三条路交会到了一起，盖里记得去年秋天她和玛丽一起回家的时候走的似乎是右手边的岔道。那时候树叶还没落下，红色和黄色火焰一样的树木散落在山中。但是现在似乎一切都不一样了，地上和灌木丛都是光秃秃的，很难再认出什么标记。但是走了大约十分钟，盖里感觉自己走的这条路似乎比她印象中的那条更陡更窄。而且这条路上没有房子，她明明记得她们去年没走多远就经过了一座白色的房子。虽然走的可能不是同一条路，但起码方向是对的，这样她还是能走到山脚下的某个地方。所以盖里继续向前走着，而且还稍微加快了脚步，因为天开始黑了，太阳落山后，天气突然冷了起来。

现在根本不用怀疑了，盖里之前的确没有走过这条路。因为突然有个“Z”字形的迂回，盖里向下看了看，她能够看到山腰消失在一连串陡峭的岩石中。

“好吧，接着走吧，”盖里想，“好在我是走着来而不是开车来的，车在这里是没法转弯的。”

就在盖里站着四处张望时，灌木丛里传来一声搅动和撞击的声音。有什么东西从里面跳了出来，迅速从盖里身边跑过。原来是一头非常大的鹿，盖里看到它晃动着白色的尾巴疯狂地往山下跑去。不一会儿，盖里就听到下面的路上有马蹄声，还有个女孩的声音。

想都不用想，肯定把马惊着了，盖里一边匆匆忙忙往下跑一边想，刚才那突然听到的声音肯定是马蹄刮在石头上的声音，这样的地方竟然还有马经过！

在下一个转角处，盖里看到了它。那是一匹红棕色的马，额头上还有一道白色的斑纹，它的主人正在后面拉着缰绳的末端呢！她的双脚努力地站定在马路中间，双手绝望地试图勒住马。盖里向下跑时，小女孩一脸的恐惧，原因很简单，如果马跑到了路边，就会直接滚到山脚下，撞到岩石上。

盖里抓住了缰绳，她们一起把马勒住了。她立马认出了马的主人，就是冬天到来之前在老房子里见过的那个年轻的女孩。女孩红色的外套和屁股后面的皮革都脏兮兮的，鲜血从她眼角边一处深深的伤口流了出来。她肯定是摔了重重的一跤，但仍紧紧地抓着缰绳，这匹马肯定在她抓着缰绳的时候还往前拖着她走了几步。

她们看着彼此，深深地吸了一口气。

“逃过了一劫啊，”盖里说，“肯定是刚才那头鹿让马受到了惊吓！它差点儿就直接撞到你们身上了。”

“那头鹿简直有教堂那么大！”女孩的声音有些颤抖，她走过去轻拍着颤抖的马脖子，“幸亏你赶了过来，我刚才根本没法坚持了，如果我松手的话，它肯定就冲到山崖下了。”

“好在你摔了下来，不然现在你们都没命了。”盖里看了一眼她们前面的山崖，“你一开始是怎么走到这条路上的？”

“我们是顺着一条老木道走上来的，正好就走到了这儿。天色越来越晚了，我觉得顺着这条路下山应该是没有问题的。”

“应该没有什么问题！”

盖里有些钦佩小女孩的勇气了，因为要不是刚才自己赶过来，她就要出大事了。这条路可能很久没有人走过。那天下午，盖里第一次为自己没有找到正确的路而感到高兴。

“你伤得严重吗？”

“只是擦伤了一点儿皮，马也滑倒了，这也是我抓着它不松手的原因。我自己倒不要紧，但是我很怕它的肌肉或是哪里伤着了。因为最不幸运的是，它不是我自己的马。我只是在朋友那里待几天，他们让我把马带出来遛遛。”女孩紧张地用手向下摸了摸马流汗的光滑的腿，又说，“看到了吗，虽然汗不多，但是因为天变冷了，就会冻僵的。我觉得在冻僵硬之前得让它走走路。”

盖里帮着她拍了拍身上的灰尘，擦了擦她额头上已经干了的血渍，随后她俩一起拉着马下山。马小心地迈着步子，缓慢地往前走着。

“我叫简·巴塞特。”

“我叫玛格丽特·埃利斯，但是大家都叫我盖里。”

“我喜欢你的名字，我的名字最不好的地方就是根本没法简称，因为太短了。你知道这条路是到哪里的吗？”

“我不清楚啊。我走到了平山顶上，下山回去时走错路才来到了这里。我猜这条路能够到达山下某个地方，但是好像没人走过这里，我们也不用妄想中途能遇到其他人了。”

“这条路看起来真像字母‘S’啊，只是比‘S’还要弯。”

盖里突然停了下来，她想到了埃谢什弯山，就在平山顶的另一边。如果真的是埃谢什弯山的话，她肯定已经走错好几里路了。

“我觉得现在我知道这是哪里了，”盖里说，“你不说我还想不起来。尼尔·罗德以前跟我说过，这里以前是一条马车道，它可能会通向一个叫东沃利的地方。如果真的是我想的那样的话，情况就很不妙了。”

“总而言之，我们要试一试。东沃利离我住的地方比较近。”简重新握了下缰绳，试图不让盖里发现自己瘸得很厉害。

“我扶你一下的话，你能骑到马背上吗?”

“这样马会感到太沉了。我走路没有关系的，最让我高兴的是有你和我在一起。我讨厌在这样的困境中孤孤单单的，也不知道这儿是哪里。你住在哪里呀?”

盖里告诉了她。

“我哥哥也在那附近买了房子，但是我们还没有搬到那儿。我猜我们应该会在春天时搬过去，到时候我们就是邻居了——是不是很棒?”

“我知道啊。”盖里大笑，“不瞒你说，我们就是租你哥哥小房子的那家人。”

“你?他竟然没有告诉我！他就跟我说过那里住着一家人，除此之外，什么也没说。”

“我们之前没有见到过他，我妈妈是通过中介租的房子，但是我确实见过你一次。”随后盖里就把自己上次差点儿被困在老房子里的事情告诉了简。她故意没有讲自己无意中听到他们的对话，但是把自己很窘地从柴房逃出来以及如何把苏珊娜吓呆了的故事有趣地讲了一遍。简很想知道盖里家里的情况，所以盖里简单地给她介绍了一下凯伊、马丁还有小卡洛琳，讲了他们是如何过圣诞节和度过寒冬的，最后又讲了自己在路边园艺的经历。她能感受到简的友好，但从一开始也做了最坏的打算，就像凯伊曾经说过的，人和人之间并不一定能相互理解。

天一点点地黑了下去。盖里希望在冬天的傍晚彻底来临之前走到山脚下，但是很明显天已经彻底黑了，路越来越陡。路上很多地方已经被雪水冲垮了，两个女孩不得不走一步看一步，小心翼翼地跨过裂缝和碎石。更糟糕的是，白天融化成水的积雪现在已经结成了一层薄薄的冰，走起路来更加吃力了。

没过多久，她们就一起停了下来。就连盖里也是一脸的垂头丧气，好像前面的路突然完全消失了，只留下黑漆漆的一片。

“情况好像有点儿糟糕，”盖里有些疑虑地说，“你在这儿等着，我往前走一点儿，看看是什么情况。”

她小心翼翼地走着，用脚一步一步地往前摸索着。路的确就在前方，但是有一个陡峭的螺旋状的转弯，让人感觉这不是路而像个楼梯。要是在白天，可能还不会如此糟糕，但这是夜晚，人每往前走一步能凭借的也就只有运气了。

“实在不行的话，我们大不了坐下来滑着走。”盖里想，继续往前试探了几步后她转身回去了，简和瑟瑟发抖的马还在等着。

“路非常陡，但是我觉得我们可以把马弄下去。”

盖里和简一起拉着缰绳，但是不管怎么哄，那匹马就是不愿意挪动一步。它看到了前面的情况，压根儿不相信这条路，更何况脚下那层薄薄的冰让它更紧张了。

“告诉你，我们应该怎么做。”虽然盖里可能不是那么了解马，但是她通常会在紧急状况下想出一些主意，“因为地面太滑，所以马才不敢走。我们用些东西把它的蹄子包起来，这样它就能站得更稳些了。”

这时候要是有一件质量不错的过时的裙子就好了，肯定能派上用场，盖里这么想着，低头看了眼自己破旧的灯芯绒裤子和羊毛袜。这时简也在摸着自己红色小夹克的口袋，但是只发现了一条丝绸手绢，那手绢又小又薄，她从口袋里拿出来时两个人都“咯咯”地笑了。

“等一下。”盖里脱下她的夹克和外套，开始往外拉她里面穿的褪色的山核桃色的衬衫。

“你不能脱——那样你会感冒的！”

“没关系的。”说着，盖里脱下了一只袖子，用力一扯，把袖子从领口撕到了袖口，“我们用这个套住马前面的蹄子，看看效果怎么样。”

虽然她俩做起来笨手笨脚的，但最后还是绑上了。“我们可以申请专利了！”系上最后一个扣子时盖里说，“老兄，现在试试你喜欢不喜欢。”

马好像一点儿也不喜欢这个。但是在试探着走了几步后，它发现现在至少腿不会打滑了。慢慢地，盖里和女孩两个人把它哄下了斜坡。事实证明，这的确是最陡峭的“Z”字形山路。最后，她们来到了平地上。虽然困难还没有结束，但她们终于渡过了最难的一关。没走多远，这条路就消失在一条长满草的路中了。这条路好像通向一片沼泽地，因为在走过最糟糕的地方时，她们虽然看不到却能够感觉到脚下的厚木板腐烂了一大半。现在整条路变得更黑了，好多次她们都觉得自己完全迷路了。简穿着马靴压根儿就没法正常走路，因为脚后跟的水泡，每走一步脚都疼得钻心。盖里的脚踩过薄薄的冰，厚厚的泥土已经没到脚踝了。她们必须突破灌木丛的包围才能往前走。盖里一边推开硬实的灌木丛一边大喊：“我想说这条路肯定很多年没人来过了！这比丛林还要难走。”

“这里也没有月亮吗？”简哀叫道。

“你需要的时候它不会出现的。不过，月亮应该会在夜里两三点的时候出来。我们会看到它的！”盖里想到了凯伊，她在家里肯定担心死了。

最后，路终于变宽了。她们走到了一条碎石路上，还看到了远处的灯光——东沃利。

在一间小小的商店里，她们闻到了奶酪、培根和热炉子的气息。简跑向了电话边，盖里与商店的主人说起话来。店主很惊讶地看着这两个突然出现在他面前的女孩，她们浑身是伤、满身是泥的模样让他的眼睛在灯光下闪烁着难以置信的光。

“东沃利离家有七英里呢，”盖里说，“你能打通电话的话，我也想给凯伊打个电话。”

“他们现在正开车往这里赶，”简说，“我们可以先把你送回家。天哪，我好饿！”她第一次看了看自己的手表，“你知道我们花了多长时间才从那条路上走下来吗？两个半小时！”

她从口袋里找了些零钱，买了饼干、奶酪和巧克力，坐在炉子旁边一边吃一边等。简住的地方似乎离这里不远，没过多久，她们就听到了外面马路上汽车经过的声音。她们将马交给马夫照料，这会儿它正在炉子后面的货车棚里休息呢，两个女孩爬到了车子里。

在慢慢地走了这么长时间后，她们似乎有点儿不习惯车子在黑暗中行驶得如此迅速了。

“把我放到路边园艺拐角的那条路上就行了，”盖里说，“我可以自己爬上去。”

简不同意这样，但是盖里非要坚持。“只有这么短的路，况且我再不伸展伸展腿脚，就要浑身僵硬了。谢谢你，不要忘了埃谢什弯山！”

“我永远不会忘记的。”简从车子里伸出了一只手，“再见！真不巧，我明天就要回去了，我要到百慕大去找妈妈。但是只要有机会，我就会过来拜访你的，千万不要忘了我！”

* * *

简回去后洗了个舒服的热水澡，在书房的沙发上吃了晚餐。盖里懒洋洋地躺在大贝莎旁边的扶手椅上，马丁帮她脱下湿透的鞋子，凯伊跑着去煮热咖啡，而小卡洛琳帮她换了拖鞋，还帮她暖了暖脚。

“天哪，你们不知道我去了北极。”她抱怨着，内心却暗暗高兴自己吸引了大家的注意力，因为她通常不是最受关注的。

“炉子上有我们给你留的晚饭，”小卡洛琳说，“但是我们一直忙着担心你，饭都干了。”

这声宣布在这个家里太经典了，每个人都笑了。

盖里大叫道：“你们还记得有一次我和佩妮走了很长的路，然后迷路了吗？一路上，我们一直都幻想着晚餐来激励自己，但是到家时我们发现厨房的炉子是冰冷的，你们竟然都出去找我们了！不用担心，我刚才在小商店等着的时候吃了点儿东西，现在不饿。”

“给我们讲讲那个女孩。”凯伊放下茶壶，把椅子拉到炉子旁。

“人挺好，做事也很果断，你会喜欢上她的。如果她家里的其他人都和她一样，那么我们就幸运了。查尔斯听起来还可以，虽然他很不屑于把房子租给了我们。不过他有个弟妹非常讨厌——非常蛮横，但是简好像和她相处得很好。或许她不会经常来这里，不管怎么说，从简的话里，我能听出他们经常出去旅行。”在小商店待的那半个小时，让盖里似乎没有以前那么排斥那家人了。“和别人一起住在这里似乎有些奇怪，毕竟一直以来这里就只有我们和罗德一家。我不知道自己会不会喜欢他们。”

凯伊想，漫长的寂静的几个月里，整个山腰似乎都是属于他们的，原以为他们和罗德一家会一直沉浸在小小的世界里。

“我会。这样就会有新的地方可以拜访了。”小卡洛琳回答道，她天生喜欢玩耍，乐意接纳各种可能发生的事情，“我喜欢看到人，喜欢去别的地方。这里除了我们和罗德一家，谁也见不到。学校里所有的女生都住得离我们很远，如果她们邀请我，我都不能去，因为我们没有车。”

“那你就该学会自己梳头发、自己穿袜子，”凯伊告诉她，“如果你现在开始练习的话，到春天就能做好去作客的准备了。”

小卡洛琳狠狠地瞪了凯伊一眼，但是当看到凯伊眼里的笑意时，又把嘴里的话咽了回去。盖里迅速插了一句：

“开心点儿嘛，小卡洛琳。现在我杯子里有两个陌生人，大的又大又胖，小的又瘦又小——听明白了吗？现在闭上眼睛许三次愿，然后猜一猜哪个人会变成真的！”

第九章 “Z.Y.3”

凯伊一直在忙着画彼利威格一家的故事。虽然她什么也没有透露给盖里，但是她用来放东西的松木小衣柜里的画卷一天天地多了起来。现在画画也比前些天容易多了，因为手指不会冻得僵硬。她也不用再缩成一团坐在炉子旁把画板放在膝盖上了，现在她可以坐在窗户旁的书桌上画画。前几幅画还有些呆板，看起来死气沉沉的，因为刚开始凯伊的脑袋里一片空白。但是慢慢地，她能够领悟到事物的精髓了，也就有了突发灵感。她的画风有了灵气，连她自己都开始真正享受创作了。

盖里开始在室内培养种苗了，她那些珍贵的育苗箱都盖上了奇奇怪怪的玻璃格，填满了楼上楼下有阳光的窗户旁的每个角落。她会根据温度的不同，不厌其烦地给它们浇水、换位置，一会儿盖上盖子，一会儿又拿掉。要是谁动了她的育苗箱或者是不小心在不正确的时间打开了窗户，盖里都会训斥他们。客厅里放着菜花苗，厨房炉子后面的架子上是西红柿苗。一直令盖里头疼的就要数那只浣熊猫了。那家伙像着了魔一般，盖里一转身的工夫它就会搞破坏。除了照料蔬菜幼苗，盖里也会抽空下山去探望小朱莉娅。小家伙已经七周大了，长得特别快，睡觉的布篮子都有些小了。她很骄傲地睡在桃红色的丝绸被子下呢！一天，她看完小朱莉娅回家时，凯伊正在仔细阅读每周都会从圣达菲寄来的信，她用手向盖里指了指放在壁炉架上的一封信和一张明信片。明信片是简寄来的，图片上是百慕大的风景——蓝蓝的大海和纯白的沙滩。另一封机打的信封上写的是寄给玛格丽特·埃利斯小姐，邮戳上的地址是纽约。

盖里拆开信封，突然大叫了起来。

“快看——她真的要来了！”

“谁？”凯伊抬起头来，不再读信了。

“就是那位我给她写信的女士呀，她下周就要来了。”

“盖里，你开哪门子玩笑呢！”

“我没开玩笑，我念给你听。”盖里大声读了起来：

亲爱的埃利斯小姐：

非常抱歉，到现在才给您回信。如果您现在还同意我住在您那里的话，我很乐意在以下预定的日期到达。我将乘下周一下午的火车过去，大约晚上九点到。万一您改变了计划，也无须介意，请按照上面的地址给我回封电报。

您最诚挚的，
艾米丽·洪堡（Z.Y.3）

“看来她比较满意！”

凯伊看起来有些害怕。“我现在完全没有这个想法了。盖里，她肯定会发现这个地方很糟糕。我们还是别让她来了！”

“那我们就尽量不让她有这种想法，”盖里回答道，“如果你问我的意见的话，从她的信里能看出来，她一点儿也不爱添麻烦，我很喜欢。她连一个问题都没有问我。我就说那封信肯定会有用吧！”

“如果她读完了你写的信的全部内容还是想过来的话，她肯定是昏了头。我们遇到的可能是个怪胎或疯子吧，到时候你自己处理。”凯伊似乎想甩手不管整件事，说，“我会尽自己最大的努力做好一切的，但是我敢打赌，她一旦发现我们这里的真实情况，肯定连一个星期都待不住。”

“不管怎么说，一星期能收十四美元的租金呢。如果她在这里住不惯的话，我们可以收她一个月的房租预付金，就像那个又老又讨厌的卡明斯一样。我们应该从失败中吸取教训嘛！我会代表我们家处理这些事情。你所需要做的就是当一个快乐、高贵的女主人，营造良好的氛围。还要帮我做饭，你知道我最不擅长做饭了。柯林斯家每天吃的就是炸土豆和炖土豆。”

“氛围！”凯伊环顾了一下屋子四周，屋里乱七八糟地扔着自己编织了一部分的厚毛毯的材料。最近也没怎么做，现在编织架就靠在屋子的一角。架子周围还缠着一团剪碎了的破布。盖里的种苗和育苗箱也摆得满屋子都是。“你觉得我们能把这个地方收拾出来吗？”

“交给我吧。我告诉过她我们家人很忙，所以就算是这样也没关系。我想想，今天是周四，我们还有整整四天可以收拾呢！”

“我们太需要这几天了。”凯伊忧郁地说。

电报刚发出去——“一切照旧，期待周一您的到来。”——就连盖里自己也感到有点儿晕乎乎的，她感觉完全断了自己的后路。一开始给这位不曾见面的Z.Y.3发出邀请，她们都很兴奋，这是一码事；但是过了这几周，当一个大活人真的要来的时候却是另一码事了。不过既然已经同意了，盖里就打算认真做好这件事情。接下来的两天里，盖里发疯似的打扫卫生，四处擦扫，她把不想要的东西都扔到了阁楼里，把有用的东西搬了下来。到了最后，凯伊也不得不承认客房看起来至少像那么回事了。自从卡明斯太太愤然离开后，这里就成了堆放杂物的地方了。她们现在把这间屋子收拾出来打扫干净，又换上了新的窗帘，仔细地铺上了最好的床单（白象牌床单在埃利斯家可享有盛誉很久了）；随后又把盖里织好的一块地毯铺在了地板上，还有一张从拍卖会上买得很失败的旧农家松木桌子，虽然质量还可以。盖里把它放在了窗户和壁炉中间当桌子用，上面还放着一个书架。这可是盖里的杰作，收拾好后，整个屋子就感觉很舒适了！

“幸亏你没有把那个旧的粉红色窗帘剪了做地毯，”盖里说，“我把褪色的一面挂到了里面，红色的一面让整个屋子看起来都温暖了很多。我们把所有的家具都打了一层蜡，也费了些工夫。白象牌床单虽然看起来非常粗鄙，但是标牌是新的，这应该能给她留下点儿好印象吧。剩下的真的没有什么东西能用到了，我找遍了这里所有的箱子。我自己也讨厌镶有花边的东西。”

那个白象牌床单镶着荷叶边，海蓝色的人造纤维绸织物如巨浪一般，就好像不小心弄错了才弄成现在这个样子。始作俑者当然依旧非嘉丽表姐莫属，她三年前装饰自己的客房时对此“修整”了一番。

“这床单与其他东西不是那么配。不过，我们从来就没有哪个房间能和它相配。”

“太棒了！”盖里低声说，“你可以把我床上手织的毯子拿下来，我盖那块闲置的军用毛毯。”凯伊觉得盖里简直太慷慨了，但因为是盖里收拾的整个房间，所以她觉得盖里应该留着自己的毛毯。“我们会把那把舒适的小椅子从客厅搬过来，她应该需要有把可以舒服地坐着的椅子。”

“友好地暗示她待在自己的房间里啊，你真的是这个意思吗？”

“哈……”她俩笑了起来，想起了卡明斯太太和她四处乱扔的东西。

“垫子呢？我们应该还有些多余的。”

“这样她创作之余可以倚一倚。我们或许能从艾米丽的信里得到些需要为作家准备什么的提示。我猜她会带着自己的打字机，但是我不确定她会不会带烟灰缸！”

快收拾好时，大家开起了玩笑。但是当火车快到时，她俩感到有点儿不安了，尤其是要尽地主之谊的盖里。大家都很安静又严肃，偶尔会发出几声紧张的笑声来缓解一下。马丁和小卡洛琳的头发光滑得有些不自然，他们还洗了脸。小卡洛琳一直漫无目的地在屋子里走来走去，这让她的姐姐快要疯掉了。

“看在上帝的分上，你就不能表现得自然点儿吗？不要像关在笼子里的豹子一样四处走来走去！”凯伊命令小卡洛琳，“去拿本书看看，或者玩你的纸娃娃。总之，找点儿事情做！”

马丁窒息得也快憋不住了，小卡洛琳反驳道：“是你说的不要弄乱了屋子，我所有的书……”

“我们聊天吧。”盖里说，她引用了狄更斯作品中一家人掩饰紧张时所说的一句话。这让大家更紧张了，以至于他们听到外面的汽车声时，凯伊整个人都还是僵硬的。

“她来了！”

盖里感觉到背后是家里所有人的目光，她大步走向前去。她听到了埃德娜的声音，她一边下车一边高兴地说着话，这让盖里松了口气。至少不是像卡明斯太太来时那样，被令人讨厌的沉寂笼罩着。行李箱、打字机、毛毯、包裹被一一拿了出来。盖里正忙着往前走，忽然听到了一连串女高音一样的狗吠声，很明显声音是从向她走来的艾米丽的花呢大衣的胸部位置传出来的。这着实把盖里吓了一跳。这时一个低沉的声音说：

“阿莎贝拉，闭嘴！不要像个小傻瓜一样——你是玛格丽特·埃利斯小姐吗？”

“欢迎你来。现在还很冷，是不是？你好，埃德娜！”

盖里预先准备的话根本没有派上用场。她们握了握手——非常热烈地紧握着——透过汽车灯光，她看到了趴在艾米丽·洪堡小姐宽阔胸膛上的一个小小的脑袋，大小和颜色都和黄褐色的橙子差不多。它环状的黄褐色的皮毛中露出了两只愤怒的小眼睛，那就是阿莎贝拉了。“它不会咬人的，它就不喜欢听话，仅此而已。”洪堡小姐拎起了较大的箱子，跟着盖里进屋了。

“洪堡小姐，这是我的姐姐凯伊，这是马丁和小卡洛琳。”盖里希望自己的声音听上去不要让人感觉那么紧张，因为介绍总是能把她搞糊涂。刚才她有一瞬间恍惚了，满脑子都在想那个无所不能的“埃利斯小姐”究竟为何写了这封胆大包天的信。但是凯伊过来帮忙了。

“希望你旅途愉快。你是否愿意先把东西拿下来，然后坐下来暖和暖和呢？”

洪堡小姐摘下了她的帽子——一顶非常简单耐用的帽子，没有什么复杂的装饰。和帽子的主人一样。盖里看了一眼洪堡小姐的方脸、短短的灰色头发和敏锐的眼睛后，立马得出了这样的想法。

“太好了，谢谢。我们一路开心地经历了这些颠簸。噢，那位善良的司机呢？我还没给她钱呢！多亏了她，太感激了！要不是她，我还坐在一个年轻人的车上呢，那人好像不认识你们，也不知道你们住在哪里，但是非要坚持把我送到这儿。”

“那是艾迪·克雷根。”埃德娜说着，把行李拿了进来，“我猜他对镇上的路不是很熟悉。虽然他其实什么事情都不熟悉，但阻止不了他的热心。”她把剩下的包拿进了卧室，说，“收你两美元，因为你要和埃利斯他们待在一起，我就不收你过坑坑洼洼那一段路的费用了！”

“你不在这儿待会儿吗？”盖里问。

“呃——呃，我得回去了。”埃德娜总是能很好地把工作和生活分开。她向马丁点了点头，又顺便小心地揉了揉小卡洛琳光滑的头发，最后对洪堡说：“在我安全到达车上以前，不要松开你的那只‘圣伯纳’，现在！”

门关上后，洪堡小姐大声地说：“我都不知道我从什么时候开始这么喜欢坐车了！”这句话也让埃利斯一家立马对她产生了好感。

红色的窗帘和炉子里燃烧的火焰让作为卧室的客厅看起来很舒服。凯伊和盖里可是费了半天工夫呢——但是好在工夫没有白费，因为她们从客人的脸上看到了满意的表情。

“我想要的就是这样的，一个可以工作、也可以舒服地待在里面的房间，没有过多装饰。而且炉火简直棒极了！”

“我们有个小炉子，但是我们觉得你应该更喜欢这样的。这里所有的木头你都可以用来烧火。晚饭马上就好了，我会给你烧些热水。”盖里紧张地瞟了一眼房间里的一处污渍——一个沾上了点儿油漆的藏在角落里的脸盆架。“我们想找个东西盖上呢，但是没有找到。或许我可以再整理整理别的东西。我猜我跟你说过这里是真正的乡下，我们只有一个洗澡盆！”

“读你的信时，我还以为我能在水泵那里洗澡呢！”

“这天气肯定不行！”盖里大笑，小卡洛琳站在身后，憋着没笑出声来。

“好吧，这也不是我的第一次，”洪堡小姐高兴地说，“不管怎么样，在乡下洗澡也是无稽之谈。我喜欢的是有点儿健康的脏乱，不是城市的脏乱。现在的这种乱和户外、乡下的格调完全一致。这让我想起，我该喂阿莎贝拉了，这样它才能安分点儿。”

这个可爱的波美拉尼亚种小狗这会儿正局促不安地在地板上趴着呢。它小小的鼻子嗅着，圆圆的眼睛都长到耳朵边上了，正可怜兮兮地看着自己的主人呢！它瘦瘦的小腿大概还没有铅笔粗，正紧张地抖着。盖里弯下腰向它伸出了一只手，但是阿莎贝拉令人吃惊地快速变换了姿势。它瘦瘦的小腿僵住了，耳朵向后竖着，发出了尖锐怨恨的咆哮声，就像警觉的响尾蛇一样。

“不用管它，它就喜欢那样。它就像个闹钟，你不理它，它一会儿就好了。”洪堡小姐说。

晚饭比他们想象中的要轻松简单许多。就连一直以来表现得彬彬有礼的小卡洛琳，一开始还把手放在膝盖上，只是偶尔抬起眼睛说“请”和“谢谢”，现在也放松下来了。马丁也度过了只回答“是”或“不是”的阶段，盖里突然觉得肩膀上的担子卸了下来。

“你看吧，”洗碗时，盖里看了一眼在整理包裹的洪堡小姐，对凯伊说，“她人很好，我们应该能和她相处得不错。”

“很不错的开始，如果我们能继续维持下去就更好了。

晚饭怎么样？我还一直担心着呢！”

“不错！”

盖里稍后又敲了敲门，想看看她们的客人还需要些什么。她看到洪堡小姐正舒服地躺在椅子上，脚伸到了炉子旁，膝盖上放着一本摊开的书。她的床脚边围着一床蓝色的鸭绒被，阿莎贝拉正躲在被子折缝里向外偷看，嘴里发出的声音与其说是叹息倒不如说是睡眼蒙眬的哼哼声。

很明显，阿莎贝拉也感觉很舒服。

和盖里说的一样，就有那么一些人不费什么力气就能习惯新的环境，艾米丽·洪堡小姐就是这样一个人。她从来不问什么问题，而且有着能够自己找到东西的高超本领。她按照自己的方式办事，也尊重家里其他人按照各自的方式生活。她睡得很晚，在自己的房间里吃早餐，有时只能在晚饭的时候看到她。凯伊他们睡下很久后，还能听到楼下房间里传来清脆的打字声。

洪堡小姐的习惯深深地吸引了小卡洛琳，之前大家就告诉过她洪堡小姐是个作家，任何情况下都不能打扰她工作。一天，小卡洛琳经过洪堡小姐的房间时发现门是开着的，她看到洪堡小姐手里拿着一支香烟，在地板上走来走去。小卡洛琳站在那里好奇地盯着她。

“凯伊说你在忙着写一本书。”

“是的。”洪堡小姐说完，停了一下。

“你是这样写作的吗?”

“大部分时间都是这样写的。”

“天哪，我以为你应该是累了。我觉得……”

“小卡洛琳!”凯伊带有警告意味的声音从厨房里传了出来，但是小卡洛琳只是稍微动了动。

“我觉得你坐下来会更容易一些。”

“我试过，”洪堡小姐说，“但是也不怎么管用。你知道的，每个人都有自己做事情的方式。我喜欢写作的时候走来走去，但是在城市里这样容易打扰到别人，这也是我为什么想来乡下的原因。乡下的地板更结实一些。”

小卡洛琳看了看结实的宽地板，又看了看洪堡小姐更结实的身体，然后判断洪堡小姐可能是正确的。

“你觉得你会很快写完吗?我希望你不要那么快写完，因为盖里说你写完之后就要回城里了，我不想让你回去。”

洪堡小姐大笑了起来。“我能告诉你一件事情，”她信心十足地点了点头，说，“但是你不要告诉其他人哟，这本书完成后肯定会超级搞笑!”

虽然洪堡小姐的写作方式比较奇怪，但是小卡洛琳非常喜欢她。洪堡小姐喜欢散步，而且还会尽可能地带上小卡洛琳和雪莉。她喜欢一本正经地胡说八道，以至于这两个小女孩都不知道哪句是真的哪句是假的。但是谈到正经事时，洪堡小姐不会放过每个细节。她会先从每个可能的角度讨论问题，她能够驳倒小卡洛琳，并让小卡洛琳心悦诚服。

阿莎贝拉就没有那么快适应了。它还是在屋子里悄悄地跑来跑去，不吱声，表情也严肃。它会拒绝所有的帮助。它觉得在这个充满众多危险的世界里，自己的一个使命就是保护洪堡小姐免受伤害。

尼尔每次看到阿莎贝拉趴在洪堡小姐的脚后跟时就感到非常害怕。他会大声喊道：“好好看着你们的侦探猎犬。”或者：“我真害怕一旦这条狗看到我们家的老山姆就会一下子把它撕成碎片。有这么一个野蛮的动物在乡下闲逛着，我们都太不安全了！”

每次他去埃利斯家拜访时，都会先伸着头向门口探一下：“你确定拴好你们的侦探猎犬了吗？”

“我真是败给这个小东西了。”一天晚上，当大家都坐在罗德家厨房的炉子旁边时，尼尔向洪堡小姐坦白。和平时一样，阿莎贝拉坐在主人的膝盖上。“还没有几条狗不愿意和我做朋友呢，但是阿莎贝拉小姐竟一次也不愿意理我。它还没有一团毛线大呢，但是比大它十倍的狗还难搞定。我敢打赌即使它有什么害怕的东西，像它这么骄傲，也不会表露出来的！”

最先成功地俘获了阿莎贝拉芳心的是盖里，虽然只是偶然的。

阿莎贝拉和浣熊猫从一开始就水火不容，但是它们在屋子里不方便有什么冲突。那天早上洪堡小姐在写作，阿莎贝拉就自己跑出去闲逛了。它一般只是在屋子附近走走，但是那天阳光很好，空气的味道深深地吸引了这只小狗，它忘记了对自己的警告。浣熊猫终于等到了好时机。

浣熊猫和罗德家的老公猫都在屋子下面的空地里，它们远远地看着对方，因为它们本来就不喜欢彼此。但是一看到阿莎贝拉，它们就忘记了所有的不愉快：它成了它们共同的敌人。交换了一下眼神，它们开始向前，偷偷地向阿莎贝拉靠近。阿莎贝拉看到了它们，那一刻它害怕死了，尾巴也耷拉了下来，慢慢地故作淡定地转身准备撤退。

盖里正好走到房子的拐角处，恰巧看到阿莎贝拉向石台阶走去，企图逃到梯田上，而两只猫正一边一只向它逼近。从小在公寓里长大的阿莎贝拉很艰难地爬着台阶。这些台阶对它来说真是太高太陡了，简直就像一座山。虽然很吃力，但是阿莎贝拉还是骄傲地一步步地往上攀爬着。它把头抬得高高的，一次也没有往后面看过，直到它爬到顶上，盖里才看到一滴眼泪从它的小脸上流了下来。

盖里伸出了手，阿莎贝拉第一次扑向了她，把它小小的鼻子埋在了盖里的脖子里。最终，小阿莎贝拉接受了盖里。

第十章　陪　伴

春天一天天临近，日子也一天天过去。天空偶尔还会飘落一些雪花，飘散在地上几小时就融化了——尼尔把它们叫作“穷人的肥料”，因为它们能滋养田地。虽然还下着雪，但是在潮湿的山洞中，臭菘已经开始伸展它们的腰肢，苹果树上的麻雀也开始在还没有长出新叶的树枝上歌唱，路边的每一棵糖枫树都装满了甜甜的蜜汁。每年玛丽都信誓旦旦地说自己不会再酿糖枫浆了，但是每年春天她都会妥协。孩子们放学回家后的任务就是在栅栏和小林地旁的那些零散的糖枫树周围忙活儿。他们要把糖枫汁液收集到大的牛奶桶里，然后再把干净的汁液倒入平底锅，平底锅就放在屋子外面的火炉上。二十加仑①能酿出一加仑糖浆，玛丽觉得这得来来回回折腾她很多次。

自从每周都收到洪堡小姐十四美元的房租后，凯伊和盖里感觉自己变成了百万富翁。她们从邮购目录里订购了

① 1加仑约等于3.79升。

油漆和墙纸。对于阿莎贝拉和浣熊猫来说，整个屋子这几天可是发生了天翻地覆的变化，它们很讨厌四处散发的松脂味。客厅里木质品的讨人厌的浅褐色也换成了柔和的丁香紫，与浅黄色的墙面十分相配。厨房和食品柜则选择了比南瓜黄更深的颜色。她们犹豫了好久要选什么样的墙纸，因为凯伊觉得很多墙纸的图案要么太复杂，要么太现代。最后她们为佩妮的卧室选择了小图钉图案，为小卡洛琳选择了印有玫瑰花蕾的墙纸，因为小卡洛琳喜欢艳丽的颜色。她们为自己的房间选了老式的棕色格子图案，镶着浅色的底边。墙纸要等天气再暖和一些才能贴上，但是她们已经刷完了油漆。凯伊在数着日子等待大贝莎完成它整个冬天的光荣使命呢，这样就可以把它的零部件陆陆续续地搬到柴房，整个屋子就能恢复原来的样子了。

凯伊浑身都是劲儿，全身心地投入到了自己的工作中。她很高兴能有些事情让她暂时忘记自己的烦恼。凯伊已经画好了彼利威格一家的故事。她和盖里已经把画寄给过两个出版商，但是都立马遭到了拒绝。凯伊又产生了过去那种在世界的小角落里努力做事的绝望感。邮寄也要花钱，凯伊快彻底放弃了，她打算把画收到一边算了。但是盖里非要坚持，现在又要再寄一次，虽然也没有抱成功的希望。凯伊只能把注意力放在房子上了，因为她能从中获得有效的放松。

客厅的颜色还是不错的，凯伊想。她小心翼翼地用手摸了摸壁炉架，检查涂在上面的漆是否干了。这个暗色有些奇怪。有那么一个可怕的时刻，凯伊和盖里都不确定她们选的这个颜色会好看。但是最后证明这正是她们想要的颜色：暗色中蕴含着温暖的色调，随着房间里光线的变化还会改变颜色。

再往食品柜的架子上刷一层漆，一切就大功告成了。凯伊戴上自己的橡胶手套，捡起油漆刷开始工作了。

艾米丽·洪堡小姐被油漆味熏得从打字机旁逃了出来，她把这味道称为“羊毛般的咒语”。这味道对她的影响太严重了，以至于她整个早晨都在兴高采烈地用小推车帮盖里运送肥料。她把肥料从罗德家的谷仓院子推到了新建的花圃里，盖里把花圃建在了房子的南面。如果一个月前有人告诉埃利斯一家，向他们付房租的大文学家会在闲下来的时候用推车推送肥料或者搬石头，他们肯定会大吃一惊。但是手推车就是艾米丽在那天早上借的，而且她也不需要别人帮忙；大部分的大石头是艾米丽拖出去或移出去的，这样才建好了栅栏，要知道盖里从去年就在准备这项工程了。

“我爸妈真不该让我读大学啊，”艾米丽有一天说，“他们应该把我培养成修路工人或者石匠。想想我这结实的骨头和肌肉都白白浪费了！”

但是她的天赋在这里一点儿也没有浪费，而且发挥了很大的作用。只要她抡起铁锹，就算最顽固的石头也放弃抵抗了。

现在洪堡小姐正坐在空手推车上看盖里刨地呢。她那强壮的身体穿了件短款的花呢T恤和灰色外套。马路对面传来了一股燃烧灌木枝叶的味道，尼尔也在为春天的来临准备着呢。

这时一辆灰色的跑车上了山，在栅栏旁减速并停了下来。盖里转头时正好看到一个年轻人挥着手向她们走过来。

“是艾米丽吗？还是我的眼睛花了？艾米丽，你和往常一样，比所有人都过得舒服啊！”

阿莎贝拉蜷缩在手推车下面，发出了一阵叫声。洪堡小姐把它抱了起来，然后一脸平静地转向了拜访者。

“原来是我们久不露面的房东呀，不错，不错！”

她伸出一只脏兮兮的大手拍了拍阿莎贝拉的脑袋，又告诉盖里：“这是我的外甥查尔斯，你大概从来没有见过他。他在这条路上应该还有一处被遗忘的房子。”

盖里感到自己的脸都通红了，她想起自己上次见过查尔斯，也不知道简有没有把那件事告诉他。

“我从来不知道……”

“这……这又不是什么可以炫耀的事情，”艾米丽插话道，“我敢说你还从来没有想到过能在这里见到我呢，对吗？”

“在哪里会见不到你呢！”查尔斯一边反驳，一边坐在了洪堡小姐旁边的手推车上，“我上次见到你还是两年前，那时候你正在欧扎克山区的一个山洞里往外爬呢。我永远不会忘记那时候的情形！所以刚才我在这里看到你时——不过话说回来，你怎么就来这里了呢？”

“这和你没关系，你没必要这么好奇。我是受一些善良的人的邀请过来的，我从来没有见过这么好的人，我在这里享受生活呢！”

“所以我明白了，我希望他们从现在开始能明白给自己带来了什么麻烦！”查尔斯向盖里笑了笑，“我姑姑艾米丽的拜访就像地震一样，她能给你们带来天翻地覆的变化。我知道曾经有人看她经过时就把房门都关上了。”

“埃利斯一家人什么也不怕，”艾米丽高傲地说，“这也是我们相处得这么愉快的原因。”她站起身来，拍掉了T恤上的土，“不要告诉家里人我在这里。我来这里就是要集中注意力的！我需要一个安静的地方写作，我不希望有任何人打扰我。既然之前你从来没有费心见过你的租客，那么你现在可以进屋看一看。”

她拉了一下她外甥的胳膊，然后带着他向屋子里走去。这时盖里趁机跑到厨房里躲起来了。她通过厨房的窗户向外探出头，警告凯伊有不速之客。厨房现在乱糟糟的，炖锅和盘子乱七八糟地堆了一地。桌子跟柜子里一样乱，上面放着半块冷火腿和昨天剩在汤锅里的汤。盖里身上穿着一件脏兮兮的刷漆用的工作服，头上系着一条蓝色的手帕，她正站在食物柜前的架子上，假装在刷最后一遍漆呢！盖里不想让别人听到自己说话，只能用手比画着，她的头就在打开着的窗户框中。凯伊大叫：“你就不能好好说你想要什么吗？”艾米丽和查尔斯恰好走到了门口。

盖里慌忙低下了头，把小心翼翼应对查尔斯检查屋子的活儿留给了凯伊。

“不好意思，这里有些乱。您可以先到客厅里吗？我马上过去。”

凯伊脱下了手套，不确定盖里的手势还有房东的突然来袭（因为盖里传达的只有这么多）是不是要提前收回房子的意思，她还在绞尽脑汁地回忆自己上个月是不是没有按时交房租。艾米丽·洪堡小姐此刻却非常高兴，现在是她报仇雪恨的时候了。谁叫她的这个外甥总是取笑她！她强迫查尔斯承认自己除了第一天来检查一下物品，就再也没有往这幢小房子里迈进过半步。她严肃地说，大家才不会因为墙皮脱落或屋顶没有砸到他们的头而感谢他。

“你是这个村子里最典型的只关心屋子里的东西却不在乎屋子状况的人。”她低声有力地训斥查尔斯，“你只想着租出去房子，却一点儿也不关心房子的维修。过来，盖里！既然我们把他带来了，你就指给他看你们这一个冬天堵住了多少裂缝，还有所有屋顶裂开的地方。对了，我们一直忙来忙去的厨房的水泵呢?”

“快闭嘴,你和阿莎贝拉一样讨厌,彻头彻尾的一样!”查尔斯对艾米丽小姐说完,又转身说,“埃利斯小姐,我希望你这个冬天过得不是那么不舒服。我把所有的事情都交给了中介,但我是打算有空自己过来看看确定一下的。”

这幢房子现在和他第一次来时看到的已经完全不一样了。他第一次过来时,墙皮都是刮痕,天花板也被熏黑了,地板上都是灰尘和垃圾。可是现在整个屋子看起来都不一样了。凯伊也不尴尬了,她向查尔斯讲解她们都做了什么。几分钟后,他们已经开始深入讨论房子的横梁、地板、荷兰锅和老旧的松木嵌板了,因为她感觉自己对这些都很在行,完全可以畅所欲言。

盖里把艾米丽叫到厨房里,关上了门。

“你从来没有跟我们说过巴塞特先生是你的外甥,一次也没有说过。”

艾米丽·洪堡小姐笑了笑,因为盖里的话里有些责备。

“听我说,年轻人,我会详细地告诉你整件事情。我当时非常喜欢你的来信。在将近五十封信里就数你的最实在、最机智、最友好,而且还有些幽默。但是你给我写得有点儿晚,那时候我已经在纽约州的一家农房里住了一个月,信是后来送到那里时我才看到的。我把它收了起来,想着无论如何都要给你回信。我当时希望马上写的,但是……”

她停顿了一下，“我周末恰巧去东沃利和朋友一起玩，正好简也在那里。她告诉了我她骑马时发生的事情，那时我就下定了决心。我推算了一下，然后立马回去收拾了东西，随后我就在下一周给你写信了。我没有打算告诉你这些事情的，但是随着事情的发展，我可能也会告诉你的。我听说查尔斯在这附近买了房子，要不是简告诉我那天下午是你帮助了她，我才不会把你的信与这个地方联系起来呢。”

“其实没什么大不了的，恰巧我们都在那条路上迷了路。如果不是简的马受到了惊吓，我们可能都不会认识呢。”

“我想简应该没有告诉你，她当时把缰绳绕在了自己的手腕上吧。她就是个小傻瓜，她以为那样的话，马就不会拉着她跑了？好吧，好好想一下吧，简真是讨人喜欢。”

“原来是这样，怪不得当时她看起来被吓着了。”盖里很冷静，她想起了悬崖还有最初看到简时她的脸色，“是的，她从来没有跟我说过。”

“她谁都没有告诉，只有我们三个人知道。不然查尔斯肯定会批评她一通，因为她都骑过这么多回马了，这样的常识早就该有了。我猜查尔斯知道的也就是简迷了路，然后你把她送回了家。那就这样吧。我只是想让你知道，我是怎么看待这件事情的。”

盖里看了看厨房里的时钟，把目光落在了面包箱上。

“我们吃点儿午饭吧？”

“可以吗？”

“我觉得没问题。这里有冻火腿和土豆沙拉。如果那炉子能用的话，我们还能喝点儿热的东西！”盖里大笑着，“你带着他走走，让他休息会儿，我和凯伊再整理整理。这件事我并没有多么不开心，只是我那该死的自尊心在作怪。因为我花了整整一个晚上才给你写了那封信，我认为写得简直是完美无缺，虽然凯伊断定你看了之后肯定不会过来！”

“那她就太不了解我了！”艾米丽反驳道。

他们顺着山路向巴塞特家走去，艾米丽对自己的外甥说：

“我希望你能意识到，这几个年轻人是怎样竭尽所能地维护你的房子的，他们花自己的钱买了油漆和墙纸。你自己也能看到他们都做了什么。最大的姐姐在线条和布局上的感觉不错，虽然她经验不足，但是她在这方面具有天赋。你要是自己动手，可能还不如她做得好呢。她一刻也闲不下来，而且充满了雄心壮志，无论做什么事情都会全身心地投入进去。虽然她现在全身心地投入到画画里去了，但是我觉得如果她能够有机会发现自己在这方面的天赋，她肯定会做得更好。”

“我发现她的确做得不错，而且她懂得的也不少。我的确有些羞愧，但是当我委托中介把房子整年租给房客时，我想到的是当地人，我哪里会想到是这样的一户人家呢？他们家里的其他人怎么样？”

“爸爸是位考古学家，现在出去考察了，要两年之后才能回来。妈妈现在正在新墨西哥州照顾生病的亲戚呢。这些孩子整个冬天都是自己过的，很明显他们熬过来了。”

“你又是怎样牵扯进来的？”

“我通过广告想寻找一个可以借住的房间——我想要的那种。盖里看到了我刊登的广告，然后给我回了信，我真希望你也看看她写的信。以后我会给你看的。就是那种我把最坏的情况都告诉你，如果你还是愿意来的话，那么你就过来试试。”艾米丽轻轻笑着，“我觉得这个年轻人值得我认识一下。她们把屋子上上下下都收拾了，就是为了让我住得舒适，我每个星期付给她们十四美元，她们还害怕会太多了。”

“就是那个红头发的女孩？”查尔斯问。

“她是家里最能拿主意的。远不止这些呢！她很喜欢园艺，特别想在这方面继续发展——她还在想如果马路下面那家花房需要人手，她就会去试试。因为她从不害怕工作，说到这点，她好像什么事都不怕。”

“她可能会和简成为好朋友呢，她们差不多大。”

“我也这么觉得。”艾米丽开心地说。

他们回来时，午饭已经准备好了。凯伊充当了女主人的角色。吃了午饭，她们要去拜访一下查尔斯的大房子。艾米丽留在了家里，虽然她嘴上说要工作，但其实是觉得让这三个年轻人单独相处会比较轻松。

盖里这次光明正大地从正门进去了，再次跑到楼上逛了起来，把查尔斯和凯伊留在了楼下。凯伊还是第一次进来呢，一迈进这幢房子，她的眼睛便移不开了：大客厅里有非常可爱的老旧嵌壁橱柜，布局是那么完美；门口的盘旋楼梯扶手和门上的花纹令人赏心悦目；塌陷的地板和摇摇欲坠的石膏在凯伊看来根本不算什么，因为尽管这幢老房子已经被忽略多年，没有整修，但是它风韵犹存。迅速看了几眼，凯伊便知道只要花上些精力和金钱，很容易就能恢复它之前的美丽容貌。

“第一次看到这个屋子时，”查尔斯告诉凯伊，“我就知道我想要这个地方。我不在乎它残余的部分是什么样子的。我家里近乎一半的人到现在还以为我疯了呢，因为我得花上一笔到现在还没有赚到的钱，而且所有的维修工作还不知道要几年才能完成呢。我妈妈现在还没有看过这幢房子，但是我能完全代表她，她和我对待老地方的观点是一致的。简只要是在乡下就会非常开心。”

“那么你打算什么时候开始维修呢？”

“越快越好，我打算和尼尔·罗德商量一下。他是一个有经验的工匠，精通修缮老房子。他大半辈子都住在这儿，如果我把事情交给他做，相信他能按照我的要求做好。我会偶尔过来一下，只要这边的房子能住了，我就搬过来，哪怕一开始睡在地上也行。”

到镇上的距离很远，所以查尔斯必须早点儿离开。但是他需要先和尼尔谈一谈。盖里好像一刻也不能等了，吃完晚饭她便直接跑到马路对面尼尔家听听商量的结果。因为她知道这样一份活儿对罗德一家意味着什么。

“你听说这个消息了吗？”尼尔跟她打招呼，“如果那辆老卡车还能走，我这就去山下给大家买冰激凌。”

“真的已经定下来了吗？太棒了！”

尼尔点了点头。“整个夏天都有稳定的工作了，而且还这么近。周二查尔斯先生会回来一趟，我们会一起去看看那幢房子。他想让我雇人工作，让我帮他盯着整个工程。我告诉他，那儿里里外外的每一寸土地我都熟悉得不能再熟悉了。我很小的时候，有个叔叔在那里种了五年地！连他都不知道楼上的房间里还有两个封闭的壁炉呢。如果天气可以的话，我们从下周就开始干活儿。开始的工作我雇用你怎么样，盖里？想不想爬到楼顶拆木瓦？这个活儿还不错，而且也不难，应该适合你！”

“我可以呀，但是你最好还是让艾米丽做吧，她肯定能帮上你。”

尼尔大声地笑了。

“艾米丽？如果我让她知道的话，就不能不让她参与啦。实际上她昨天还要求帮我春种呢。她说她一直都渴望扶犁的把手，感受一下那是什么样的感觉。或许我应该让她试试。”

“她肯定能做得很好，”盖里为艾米丽说话，“相信我，只要是艾米丽·洪堡小姐能做的事情，她肯定会努力做，而且会很好地完成，你不要再犹豫了！”

老卡车马上就被派上了用场——尼尔早就宣布夏天过后就买一辆新的——在接下来一周左右的时间里，尼尔开着它上上下下不知跑了多少回。而灰色的跑车也成了这里的常客。接下来就是春天解冻期了，冰雪开始慢慢解冻，连续十多天整个山脉都陷入泥潭中。车辆不能上下山，两家人也几乎完全被隔绝了，和冬天被暴雪阻隔是一个样。拿信的任务就交给了赶校车的孩子们，他们会翻过栅栏，穿着橡胶靴子吃力地走过黄色的泥潭。但是牧场在一天天地变绿，冬季褪色的柳树也从沼泽里露出了头。玛丽·罗德站在厨房打开的窗户前，她很确信已经听到了苹果园里的第一声知更鸟叫声了。

佩妮又从圣达菲来信了，再过几周她就回来了。

第十一章 迎接佩妮

现在每天都能听到锤子敲敲打打的忙碌声，那是尼尔和工友们在大房子里干活儿呢！老旧的砖瓦没有了——虽然没有艾米丽的帮助——取而代之的是新的房顶，在葱郁的树顶上熠熠夺目。盖里每天早上透过厨房的窗户看它时，都感觉它格外耀眼。不过随着时间和天气的变化，颜色会变得柔和，最后变成自己熟悉和喜欢的灰色。盖里很喜欢新木材的味道，也喜欢那些敲敲打打的声音和知更鸟的叫声，还有那些点缀着牧场斜坡的蓝色矢车菊，它们也是春天的一部分。

查尔斯·巴塞特大部分时间都待在山上，待在罗德家里。他只有偶尔才会开车回镇上。小屋里总是能看到他的身影，因为没有一天他不拉着凯伊询问一件又一件和装修有关的事情。

不久，查尔斯就把自己的弟弟和弟妹从镇上接来了。盖里正好看到吉娜坐在罗德家的苹果树下帮吉米编蒲公英花环，小卡洛琳和雪莉一边一个围在她旁边。这时盖里对吉娜的印象就改变了。

“我喜欢她，”车开走后小卡洛琳说，“我希望她一直住在这里。”

“我猜她应该是刀子嘴豆腐心。”一天晚上盖里向凯伊承认。随后凯伊就激烈地反驳了她，这让盖里大吃一惊。

“我不知道你是从哪里得出对她那样的第一印象的。我觉得她非常和蔼可亲，也很友善。别人肯定觉得你有些奇怪，但这是因为你之前没有见过很多人或者是你见到的人不合你的口味。在完全不了解别人的情况下，就用你那奇怪的思维对别人妄下定论，简直是大错特错！”

盖里温和地接受了凯伊的批评。不过她是绝对不会向姐姐说出自己是怎么对吉娜产生那种印象的。她比以往都要高兴自己能够保守秘密。

“你知道吗，盖里，”凯伊继续说，她擦干了晚饭用的大酒杯，并把它们摆成了两行，“如果有机会的话，我觉得你应该稍微费点儿心，对别人友善一些，这样对你也好。我觉得你不能一辈子都爱乡下单调的生活。你已不小了，如果有需要的话，你应该多和人接触接触。”

“和他们相处不来。”盖里说着，使劲拧了拧擦碗的抹布。

“你就是不想和别人打交道，仅此而已。”

盖里真想快点儿结束这个话题！因为这是凯伊最经常

抱怨她的话，虽然冬天很少提到这个话题，但眼下就像春天的紫罗兰一样，又要开始重复这话题了。每个人都是不一样的，凯伊可以和一些人相处得很好，而自己则会和另一些人投缘，仅此而已。

这些天，凯伊有一些细微而显著的变化。这些变化很突然——她似乎一下子长成了大姐姐。她对小卡洛琳更严厉了，对家里人也比平常挑剔。这是自从老房子动工以后，整个山上发生的一部分改变吧。

“我就知道会是这样，”盖里愤愤不平地说，“之前所有的事情都很舒适很正常，这就是暴风雨来临前夕的平静。我希望城里的人就待在城里，以前我们都觉得山上多安静啊，再看看现在——简直要成蚁丘了！”

盖里把自己的不满发泄到了花园里——玛丽把这种似乎全世界都混乱不堪的特殊状态叫作“小虫在侵蚀”——她穿上一身破旧的裤子和外套就会没缘由地高兴，只有和艾米丽在一起时才会开心，因为艾米丽是一个让人感到舒服的人，谁都没法想象她会在什么情况下被周边的事情动摇或影响。就算天塌下来，艾米丽也可以纹丝不动。艾米丽和玛丽·罗德在一般人看来几乎是完全不同的两种人，但是她们在很多方面很像，这也是她们能够相处得那么融洽的原因。

有一周天气非常暖和——好像六月的某一天被插了进

来一样——马丁又引起了大家的注意。

周六早上，马丁和吉米一大早就去散步了，还不忘往口袋里塞上巧克力。艾米丽正在努力写作，她的打字机不时地发出“叮叮当当”的声响。凯伊早早地吃完午饭，和查尔斯一起开车出去了。盖里一直在外面忙碌，直到下午四点钟她才突然意识到两个男孩子还没有回家。她跑过了马路，只见雪莉和小卡洛琳正在玩耍。

“他们回来得是晚了些，”玛丽说，“但是肯定会回来的。他们打算去瀑布，就在老贾德那片地方后面，在那儿肯定不会迷路的。要是他们单独出去我会担心，但是两个人在一起应该不会有什么事情的。如果尼尔回来时他们还没回来，我就让尼尔开着卡车沿路去找他们。”

时间一点点地过去了，两个男孩还是没有回来。到了下午五点，盖里开始担心了，她无数次地到厨房看时间，直到雪莉和小卡洛琳从马路对面跑了过来。

“吉米和马丁回来了，马丁在瀑布那里被蛇咬了，他的腿上包着东西，吉米说……”

那一刻盖里觉得自己的心脏都快停止了跳动。她看到马丁慢慢地走了过来，旁边的吉米吓得脸色惨白，跟在他们后面的玛丽也是一脸的恐惧。马丁的袜子褪了下来，腿上缠着一块血迹斑斑的手绢。盖里满脸的恐惧，她感觉马丁走路都有些摇晃了。铜头蛇……是尼尔曾经说的在瀑布那里的铜头蛇吗？当她扶着马丁走向椅子时，马丁已经有些瘸了。虽然内心非常害怕，但盖里还是尽可能让自己的声音听起来很平静。

“是什么样的蛇咬的你，马丁？你看到它了吗？”

“我当然看到了——我还把它攥到手里了呢。我也不知道那是什么蛇，但就是那该死的东西咬了我。别害怕，盖里。不管怎样，我自己包扎了。”

“是一条猪鼻蛇！”吉米坚持说。

“不是！”

“就是猪鼻蛇！”

“我不是抓着它了吗？我最有发言权。盖里，把我那本关于蛇的书拿过来。”

他们慢慢地把当时发生的事情讲了出来。他们到了瀑布，打算在吃午饭前蹚一蹚水。马丁在岩石的暗礁上发现了那条蛇，它应该是为了晒太阳才爬出来的，但是还没有完全从冬眠中清醒过来。那条蛇看起来像死了一样，但就在马丁逗它玩时，它突然在马丁温暖的手上清醒了过来，迅速转身在马丁赤裸的腿上咬了一口，马丁都没来得及反应。直到被咬到那一刻，他都很自信那是一条没有毒的蛇，但是被咬完后他就没那么确定了。他的脑子里有了一种可怕的想法，他开始怀疑那条蛇不可能没有毒，况且它长得比较独特。但是他知道当务之急应该干什么，因为他是马丁，他完全清楚状况。马丁拿出了自己的小折刀，开始处理伤口。小刀有些钝，等到把伤口处理好，再熟练地用手帕包扎好后，他感觉到伤口在一阵阵地抽搐。他一瘸一拐地往回走时，腿也抽搐得越来越厉害了。他在吉米的搀扶下，向瀑布下的农房走去。他们在那儿歇了好一会儿，然后搭上了一位农夫的汽车回了家。

“这肯定是几小时前的事情了！为什么你们不打电话让我们做点儿什么？我的意思是，你们两个就像傻瓜一样坐在那里等着症状出现吗？”

“呃，我……”

“呃，我们……”

故事好像有点儿出入，谁也不清楚到底发生了什么。盖里取下绷带时手都在哆嗦。马丁的腿被亚麻布勒出了弯弯曲曲的紫色痕迹，勒痕下面是惨不忍睹的被小刀割过后的交叉刀痕。

“我们叫医生吧？”玛丽问，“他中了蛇毒。”

小卡洛琳开始小声哭泣了起来，不过艾米丽·洪堡小姐戴着眼镜开始仔细研究。

“嗯，你一开始被咬到的时候有没有感到疼？”

“不疼，这我记得，就是咬了我一下。”

“如果是毒蛇咬的话你应该感到疼的，不疼的话就没关系。我现在基本知道了。四小时过去了……我猜你应该没什么事，马丁。”

盖里坚持道：“听着，马丁，如果你见到的是一条铜头蛇的话，你确定还能认出来吗？”

“当然能认出来！”马丁有些生气了，声音微微颤抖，“我跟你说了不是铜头蛇，是另外一种蛇。你把那本该死的关于蛇的书拿出来，我找给你看。就是在它咬完之后，我才觉得或许这类蛇有些可笑，尽管吉米很害怕，但书上说……”

艾米丽偷偷地笑了。

“没错——干一件事情就要好好地干！最好是弄些热水和碘酒过来。盖里，我们把伤口擦擦。”

清洗干净伤口并重新包扎后，受伤的英雄马丁就躺在沙发上仔细读起那本关于蛇的书了。小卡洛琳害怕地在哥哥的旁边守着，艾米丽又回到她的打字机旁写作了。盖里在厨房里准备晚餐，眼睛不时焦虑地往马丁那儿打量。虽然艾米丽说没事了，但是她仍然很担心。因为马丁有点儿奇怪，他的举动和眼神都有些不自然，脸还红红的。假如艾米丽说得不对——假如毒性随后发作呢？

小卡洛琳蹑手蹑脚地走了进来。

“盖里，你快过来看看马丁。他的喘气好可怕、好奇怪啊！”

盖里大步流星地走了过去。马丁呼吸的方式的确很滑稽。那本关于蛇的书已经滑到地上了，他的脸一半埋在了沙发的枕头下。盖里先是轻轻地摇了摇他，然后又使劲地摇了摇他，但是马丁只闷哼了一下。

昏迷……被毒蛇咬了后人确实会昏迷，但是很明显马丁不是昏迷啊。他突然坐了起来，脸色发绿地盯着盖里。他用力把盖里推向一边，随后突然向后门冲了过去。

就在这时，玛丽·罗德急急忙忙地赶了过来，马丁前脚走出后门，她后脚就从前门进来了。

“盖里——怎么了？”

“是马丁。我们必须叫医生！他看起来奇怪极了，还晕乎乎的，就在刚才……”

玛丽大笑。

“我过来就是要告诉你这个的。尼尔说不必担心马丁。马丁和吉米说他们在农房那里停下来休息时我就开始怀疑了，刚刚吉米和我说了实话。他们告诉了农房那里的人发生了什么事情，你应该也知道，在乡下，只要被蛇咬了就需要采取的紧急措施——别管是用玉米威士忌还是用苹果白兰地——所以那个人想也没想就给马丁灌了几口，没有叫医生也没有告诉我们。这也是他们回来得这么晚的原因，但是他俩谁也不愿意承认。我知道他们在农房旁坐了整整三个小时就觉得很可疑！”

盖里松了口气。“原来是这样！刚才吓死我了，玛丽！”

“好吧，你用不着害怕。尼尔说打他记事以来，在瀑布附近就没有出现过铜头蛇，马丁肯定是被乳蛇咬了。你要是使劲地抓住它们，它们就会咬你，尤其是在春天刚来时，它们还处在半休眠的状态。我猜让他难受的不是被蛇咬了，而是那治疗方法！”

马丁从“乡下治疗法”和自我不安中恢复了过来，不然，他可不想再提起那条受伤的腿。这些天来，大家都很体贴，谁也不会在他面前提起被蛇咬了这回事。马丁和吉米现在又开始研究新的事情了——在小溪旁搭建一座小木屋，可以隐蔽在罗德家的小树林的角落里。这样他们就可以藏起来，单独享受他们自己的简单生活了。尼尔说他很早之前就想把一座很老的小屋拆了，他们可以从那里找些木材；玛丽承诺把那个以前用来烧水洗衣服的炉子送给他们，让他们在自己的小屋里做饭；盖里许诺把一套露营的餐具送给他们，因为马丁被蛇咬了的那晚，盖里在他的卧房里把他说了一通后，总觉得对他有点儿歉意。虽然建小屋的事情还没有定下来，但是两个男孩不在大房子那里转悠打扰尼尔工作，也不会搞恶作剧了。尼尔说，能让他们消停一段时间也值得了。

装修的热潮也影响了雪莉和小卡洛琳。没有参与到这次活动中的两个人占领了不用的玉米仓库，这个仓库一直以来都是两人争抢的焦点。仓库的两边都用木板盖上了，顶端也不渗水。姐姐们答应小卡洛琳，只要把楼上装饰完就把剩下的墙纸留给她。她们的任务也全面展开了，小卡洛琳每秒都嫉妒地盯着姐姐们的装修，每看到剪刀裁剪就露出痛苦的表情，看着一卷一卷的墙纸被用完就唉声叹气。

“装饰你屋子的墙纸比预算的多买了两卷，肯定会剩下很多，所以你不用着急捡起这些零碎的，就像捡金子一样！这儿——这些边角我们都用不到，你现在就拿走吧，别在我们眼前晃悠了！”

因为没有梯子，盖里只能摇摇晃晃地站在凳子和卧室的椅子上，她无时无刻不担心自己会摔下去。贴墙纸可不像一开始看起来那么简单。糨糊什么都能粘住，就是粘不住墙。长长的墙纸，拿着的时候还好好的，下一刻就会起皱褶，变得很乱，怎么拍打都弄不平。

“不用担心，等干了就会好的。”凯伊看着墙纸轻松地说。

“希望如此！这看起来比水痘还要糟糕，但是另一面墙贴得很平整。佩妮的房间应该会好一些。我找了个小尺寸的样纸，这样贴起来就比较容易了。”

佩妮房间的墙纸被放在了最后贴，这样她们就可以有更多的时间练习了。其实盖里做了大部分工作，但在贴墙纸和刷糨糊这些难以对付的事情上，凯伊更擅长。因为只有一个刷子，所以凯伊的主要工作就是举着长长的墙纸。

凯伊长得高一些，举起来比较轻松，而盖里就负责将墙纸铺平，再在上面拍打。

“要是我们把这里都装修好，再拆掉就可笑了。”盖里说完，看了一眼小卡洛琳房间最后一块没有贴墙纸的地方。

“什么意思？”

“要是他们想恢复屋子原来的样子，我们就必须拆掉。我一早上都在想这个问题。”

“我觉得他们不会的。查尔斯这两年应该不会重新装修这房子，就算要装修可能也不会这么干的。他很喜欢我们做的这些，我猜他会保持我们的装修。现在要是通上水，再在食物柜旁边装个浴室就再好不过了，如果在山上也能通上电……”

很显然，凯伊对乡下的看法也发生了很大的改变，尽管她可能会说“如此单调的生活”，但是她的这种想法可能只适用于冬天。盖里迅速地看了凯伊一眼，凯伊说的却是：

“再也不要结冰的水泵了！不管怎么说，那样应该会舒服些。”

凯伊下楼洗了洗手，准备煮土豆做午饭了。盖里刷了最后一遍糨糊，把墙纸贴在适当的位置。灰色的玫瑰花蕾再加上小小的花环，整个房间看起来很不错！昨天贴上的墙纸现在已经变得平整又整洁了，那些明显的凸起处也消失了。她最后很认真地看了一眼，把窗户大敞开，这样墙纸就能干得更快，然后她走下楼去花园里享受中午来临前那宝贵的半小时。

屋子后面三分之一的菜园子已经挖完并且用耙子弄平整了。盖里种了两排早豌豆，估计下周就能长出来。苗床里的莴苣有两英尺高了，盖里一直在找寻合适的时间把已经长得很大的大白菜和菜花从盒子里面移出来。玛丽说这里还没有人五月之前在花园里种东西的，但是关于这么早开始种东西，盖里有自己的想法。而且，她还有一大堆事情要做，因为她宠爱的育苗箱里的种苗和莴苣、萝卜一样长得又密又快。最后几天，盖里压根没有时间照料它们了。

盖里刚要开始专心工作，就发现小卡洛琳在房子的一边晃荡着。

“我想去小溪那边找他们。马丁和吉米太讨厌了，他们说那里现在可有趣了，说那里是他们的地盘，马丁……”

“嗯，他们只能在周六还有放学后去那里干活儿，我猜他们是不想让你去打扰他们吧。”盖里回答道，她对那两个想抽出空闲时间去造房的男孩感到有些同情，“快去装饰你自己的地方，你有很多事情可以做呢。”

“我得有墙纸，不然什么也做不了。你说你今天下午会帮我贴的，我想可能……”

“那就接着想吧！如果你来这里的目的是这个，那么我不会马上停下手里的事情去帮你贴墙纸的。你就不能让我安静半小时吗？”

小卡洛琳在点燃姐姐的怒火前往后退了退。

“好吧，我刚才经过厨房，发现土豆都要干了，所以我猜……”

盖里猛地转过了身。

“天哪！凯伊呢？”

“我刚才看到她走开了。我真的已把锅拿了下来，盖里，但是我觉得你最好还是去看一下。”

“我觉得也是！”

盖里飞奔到厨房里，闻到了熟悉的平底锅烧煳的味道。已经十二点半了，但是奶油沙司还没有切碎，也没有准备沙拉。

“怎么会有人话都不说一句，就扔下厨房里正在煮着的土豆走开整整一早上！凯伊这几天到底在忙什么呢？”盖里低声咕哝着，“我来弄这些，小卡洛琳，你快去洗洗手，把桌子上的餐具摆好，然后到山上告诉凯伊午饭准备好了。”

所有的东西都准备好了，奶油沙司已经做好了，没有煮坏的土豆也在炉子里温着。小卡洛琳还没有回来，盖里自己一个人待着，她感觉有什么重要的事情要发生。

“凯伊在哪儿？找到她了吗？”

“她说过会儿回来。她和查尔斯……”

“巴塞特先生！”盖里纠正小卡洛琳。

“凭什么你可以叫他查尔斯！”

“你还是小孩。我猜他们在忙着测量什么或是别的事情。”

“都不是，”小卡洛琳大声叫了出来，“如果你想知道的话，那就是他们坐在屋子后面的岩石上，头凑在一起不知道在说些什么。当我告诉她午饭已经好了时，她竟然对我说快走开，别打扰他们。”

盖里深吸了一口气，盯着切好的火腿。

“天哪！”她自言自语，“真希望佩妮快点儿回来吧！”

第十二章　凯伊的春天

说实话，佩妮最近的来信有点儿奇怪。以前她总要啰唆地写上一通，见到了谁啊，她和佩吉做的所有的小事情啊。但是最近几封来信十分平淡，总是东扯一句西聊一句，什么新消息也没有，无非还是说自己一切都好，希望能早点儿回家。凯伊非常担心她，若不是过得不自在，佩妮是不会这样的。

“佩妮是不是很好笑？她竟然对我们的上封信只字未提，她现在肯定收到我们的信了。我真是不明白，她起码应该有点儿回应啊。”

“可能是她已经厌倦了那个地方，根本想不起来还有什么好写的。”盖里揣测。

凯伊皱了下眉头，说：“整件事情似乎有些奇怪，但是她的信看起来又没有什么不对劲的地方。她不会是精神崩溃或是发生了什么事情却又不想让我们知道吧？”

“那可不是佩妮！我跟你说，她整个冬天给我们写的信都特别长，只是现在有些厌倦了而已。这就是我从她的信中读到的。就像是你必须写满一页纸，却又不知道说些什么一样。我自己也有过这样的感觉啊。”

但是这样的解释似乎不能让凯伊满意。她现在满脑子都是佩妮变了，变得只关注自己的事情，只顾着自己的想法，完全顾不上别人了。她觉得佩妮现在似乎不是那么期待回自己的家了，而是很享受新墨西哥州的天气和阳光。如果这就是新墨西哥州的冬天带给一个人的改变的话……

与此同时，凯伊开始为佩妮的房间缝制窗帘，光滑的淡绿色印花棉布上点缀着一朵朵暗色的玫瑰，与新的墙纸格外匹配。为了给那个看起来又破又旧的还涂了漆的衣柜刮掉褪色的漆、打上蜡，她可是放弃了自己最宝贵的休息时间！但是小卡洛琳闷闷不乐地独自闲逛着，直到盖里突然有了个不错的想法。

“我告诉你，你可以用食品柜架子上的那个浅浅的蓝色碗给佩妮做一个盆景啊。再放上些苔藓和矢车菊，摆在床边肯定很可爱。”

“但是还没等佩妮回来它们就死了。”小卡洛琳反驳道。她可是在数着厨房的日历过日子，真不知道什么时候才能熬到月底。

“死了的话可以再换上新的啊。不要这么犹豫不决，现在就开始做吧。带上篮子，你可以用我的铲子，就在育苗箱那儿。”

接下来的日子里，小卡洛琳把主要的精力都放在了设计和装饰盆景上。叫她摆放餐桌或是洗碗时，她都会恰巧在忙着修整“佩妮的花园”。不过，在等待佩妮的日子里，她起码有点儿事情可以做了。因为大家到现在也不知道佩妮什么时候回来，虽然她那些简短、令人愉悦的信件就像发条装置一样如期而至。

“她要是永远不回来怎么办啊，”盖里一天早上说，“要是我们一直收到她这样奇怪的来信，但是什么事情也不知道，要是……”

听到这些可怕的假设，小卡洛琳都要哭了。凯伊严肃地说：“不要这样吓小孩！你都要惹哭她了。”

“我只是开玩笑啊，别傻了，小卡洛琳。”

“你开玩笑和不开玩笑一个样，我不喜欢！”

“安布罗斯·比耶尔斯刚才不见了，大家都找不到他。”马丁说。他的脑子里总是有一些稀奇古怪的事情，而且总在不合时宜的时候说出来。“尼尔说，从前有一个人住在斯温山上，有一天他出门后就再也没有回来。”

“是真的，”盖里说，“有机会我也希望自己试试。”

盖里在春日的阳光里漫步，艾米丽正和阿莎贝拉一起玩球。盖里双手抱着肩，手肘撑在自己的膝盖上，坐着看她们奔跑的身影。阿莎贝拉就像是在风中飘来飘去的一团羊毛线，直到艾米丽突然说“好了”，并把球放进了自己的口袋里转身走开，阿莎贝拉才像被扔在了草地上一样安静了下来。

“发生了什么事情吗？”

“是春天，”盖里用手指在身边的软土里狠狠地挖着说，“你有没有曾经这样过？我现在很生气，既不爽又烦躁。我想找点儿事情干，但又不知道干什么。我想丢下所有的事情，去个从来没有去过的地方——待在那里就行！”

“天哪！”艾米丽好奇地盯着她。

“我是认真的。”

“我当然知道你是认真的啊，每个人都会偶尔这样的。通常这是家里人太多的缘故，我知道所有的症状。它就像是麻疹一样，你突然就感染上了。”艾米丽开玩笑地说，但是她犀利的眼神停留在盖里的脸上，因为她早就注意到盖里的这些表现了。这个冬天太漫长了，家里大部分的担子都落在了盖里的肩膀上。虽然她很坚强，但是还不足以承受所有的压力而不会产生一丝情绪上的波动。“你有没有坐下来仔细想一想，”艾米丽鼓励地说，“如果你突然得到一笔钱，你想干什么呢？不是特别多的钱，但是足够让你过得很舒服，可以让你干你喜欢的事情。”

“我当然知道我要干什么。”盖里回答道，并迅速进入了角色，“首先，我会把凯伊送去欧洲，让马丁上大学。然后再把佩妮和小卡洛琳安排舒适了——或者让她们去喜欢的地方旅行。”

“实际上，你把每个人都安排好了。”艾米丽点了点头，她非常喜欢盖里的小心思，“你让我想到了一只母鸡和一窝小鸡。然后呢？”

盖里突然“咯咯咯”地笑了。

“然后我留一些紧急情况需要的钱，把剩下的存进银行。我会开始走遍全国，努力养活自己，随心所欲地去做不同的工作，尝试着做能养活自己但又不讨厌的事情，但凡我对这些事情感兴趣就好。这听起来好像有些疯狂。”盖里一边说，一边揉乱了阿莎贝拉橘色的毛发，“但是我一直很好奇，如果一个人下定决心做一件事情会不会失败？所以我想试试。可能我把整个国家走完才会想明白，也可能我连一个镇子也没去成，但是我想开心地尝试一下。”

“是什么样的工作呢？”

“什么工作都行。我并不需要多么时髦的工作，老派点儿的也没关系，只要能边走边养活自己就行。如果你留意一下周围，就会发现总有些事情是有人想做的。”

“这倒是真的。”艾米丽说。

“我想知道端菜送饭、在商店里工作或是采摘水果，或者是别的任何人都可以做的工作，是什么样的感觉。”

“你可以登广告试试。”艾米丽认真地说。

“如果我写的话，”盖里反驳道，“不管怎样，我肯定会按照我理想中的工作写广告。瞧，邮递员来了。”

盖里跳起身来，径直走到了大门口。落满灰尘的汽车正好停在坡下，还发出“嘎吱嘎吱”的声音。气氛好像有些奇怪，艾米丽·洪堡想着，看了看盖里摇晃着的肩膀。不过她很确定一件事，就是盖里从来不会计划自己做不来的事情。

“和平常一样，这些都是你的。有一个关于拍卖会的卡片，我们替佩妮留着吧。噢，还有一封给凯伊的信。”

凯伊正在屋里给佩妮的窗帘缝上最后一层边。她看了看信封的信头。

“又是一封拒绝信。好吧，这次他们回复得更长。”

“打开看看啊。天哪，凯伊，可不可以不要表现得这么蠢！我是怎么告诉你的？”

“他们喜欢我的画。是一位女士给我的信，她想让我去她那里当面谈一谈。她并没有直接答应，但我感觉她应该感兴趣。”凯伊的脸颊都红了，“你快看，盖里，这是不是能说明什么呀？”

“当然了。如果不是的话，人家把你一路拖到镇上去干什么呀。”

“她只是说‘如果能尽快到镇子上来，任何时间都可以’。”

“你可以明天早上到镇子上去。如果我帮你的话，你可以赶上明天早上八点的火车。”盖里迅速安排好了一切，“这样你就有足够的时间见这些人，处理好所有的事情，然后再坐下午的火车回来。埃德娜会把你接回来的。”

但是埃德娜的车压根就没有派上用场，凯伊也没有乘火车。因为查尔斯一听到这个消息，就说要开车载她去那儿，再送她回来。因为他自己在镇子上也有生意，而且哪天去都是一样的。他们第二天很早就出发了，早餐是在路上吃的。凯伊匆匆忙忙喝下一杯咖啡，最后焦虑地看了一眼自己身上穿的裁剪粗糙的衣服。这套衣服已经一冬天没有穿了，昨晚她仔细地压了一下。脚上的鞋子也是盖里在阁楼上的行李堆里翻出来的，就连丝绸袜子也是嘉丽表姐送的圣诞礼物，第一次派上了用场。

“我看起来还可以吗?”

“不错。路上看到一家像样的商店就停下来进去买副手套，然后把你那双旧的扔在车里就行了。记住——表现得大方点儿，不要让他们看不起你。艾米丽没有帮你看过的合同，就不要签。再见，祝好运!”

盖里使劲地向下山的跑车挥着手。无论如何，她感觉自己已经尽力把凯伊送往成功的道路上了。

孩子们比以往早十分钟放学，盖里觉得那一天格外漫长安静。她沉浸在自由和放松的喜悦中。就像任何一个家庭的成员一样，不管如何，只要家里其他人开心，自己都会感到开心。她打扫了屋子，为晚餐烤了一个巧克力蛋糕，她感到自己浑身充满了干劲。等待蛋糕凉时，盖里去罗德家逛了一圈。玛丽正忙着在厨房里洗衣服，吉米在玩耍呢，平底锅、过滤器和那桶肥皂泡都是他的好伙伴，他在用后门的沙砾煮粥呢！盖里和玛丽聊了很久的家常，时间就不知不觉过去了。直到尼尔穿着工装突然出现在后门，盖里才意识到得做午饭，还有在马路对面家里等着的饿着肚子的艾米丽。

“半天都过去了，”盖里羞愧地想，“我得把佩妮的窗帘挂起来，把花园里剩下的地刨一刨。”

“我觉得过会儿就必须收拾东西了。”她们坐在客厅里喝咖啡时，艾米丽随口一说。

“你？”盖里盯着艾米丽，突然很郁闷，“其实你没必要这样的。为什么呢？因为你也是我们家的一员。如果佩妮回来时没看到你，肯定会生气的，我们写信时都把你告诉了她。我们希望你整个夏天都待在这儿，除非你已经不喜欢这里了，”盖里说，“或者你还有其他的事情要做。”

“其实我想说，我写完小说已经有段时间了。查尔斯在他的房子里已帮我准备了房间，只要他的房子装修好，我就可以去他那里了。但是我更喜欢待在这里。那里肯定有很多事，我和阿莎贝拉一样——我们都喜欢安静。而且我这个人本来就不怎么喜欢整洁，你懂我的，要是到时候他把房子收拾得很整洁、很完美无缺，哪里还能容得下我，让我邋里邋遢呢？！”

她们彼此对视一下就笑了，因为比起完美，她们都喜欢自在地活着。

“事情变成这样是不是很好笑？”盖里透过窗户往山上望去，阳光照耀在那幢房子新换的瓦片上，“我们刚来这里时就对那幢房子很好奇，凯伊经常说她多么想动手收拾那幢房子。如果我没记错的话，我们总是笑话她的‘远大理想’，而且取笑她想把什么事情都安排得井井有条。要是我们的话，我猜也就是想着有很多地方要整修，但是什么也不会做。可是现在她真的得到一次机会来展示自己了。”

盖里在准备午饭时就想明天可以再弄弄佩妮房间里的窗帘，因为凯伊还要再往上面缝些东西，而且佩妮可能还需要一周才能回家，她们前天又收到了佩妮另一封古怪的含含糊糊的来信。花园得另外考虑了，屋里还得花上一天的时间。等把厨房打扫干净后，盖里拿起铁锹和耙子去干活儿了。

那是个令人身心愉悦、浑身放松的下午。罗德一家在苹果树边忙活儿，苍白的蜷在一起的蓓蕾早已舒展开来，艾米丽打字的声音缓缓地从开着的窗户传了出来。阿莎贝拉也出来闲逛了，它迈着贵妇般的步伐走在新翻动的土地上，一只眼睛还盯着在牧场杂草中直直坐着的浣熊猫，那猫正一动不动地看着鼹鼠奔跑呢。凯伊最早也得五点才能回来，但是盖里早已等不及了。她发现自己一直在倾听山谷里的汽车声。但是直到孩子们放学回来，吃完晚饭，收拾好餐桌，凯伊才回来。

只要看一眼凯伊的表情，就能知道事情的进展了。

“一切都定下来了——他们打算用我的画。噢，盖里，你不知道我现在的心情！嘿，小心！”

因为盖里突然抓住她转起圈来，两个人差点儿都摔在了地上。

“不要介意，我把你的帽子压扁了，但是现在你可以买顶新的了。发生了什么事情？快坐下来，把来龙去脉都告诉我。”

“今年秋天他们就会出版。但是我还有些事情要做。有一张画我得重画，还有一些收尾的画。我之前从来没有想过那些，但是不会花很长时间的。我在那里待了两个小时，她人非常好。她给我看了些其他正在准备出版的书，书是怎么印刷的，还有可以使用的颜色——这些都是我从来没有接触过而且非常想学习的东西。我从来不知道出版一本书还需要干这么多事情！最棒的是，这又激发了我新的灵感，我现在就迫不及待地想开始了！”

* * *

“这是一种开始做一件真正有价值的事情的感觉。”凯伊那天晚上说。查尔斯已经离开了，最后一块巧克力蛋糕也吃完了，她和盖里蜷缩在沙发上，看着敞开的壁炉里燃烧的火焰——现在晚上还是很冷的。

“今天当我看到别人的作品时，感觉我的实在是太糟糕了。我都不想看到它们摊开在那里。我能看到里面所有的错误，还有我本应该画进去却没有画的东西。但是我想第一次把自己的画与别人的比较，谁都会有这种感觉。我还没有画过插图呢，不过我感觉下次我就会做得更好的。如果他们非常喜欢我的作品，我会尽自己最大的努力，让他们眼前一亮。盖里，我真的很开心你让我坚持画画，即使那些画看起来蠢极了。当这些画看起来不值得坚持的时候，我自己都困惑了。今天回来时，查尔斯在车上给我好好讲了一番。我们差点儿吵了起来，但是我猜他是对的。”

盖里猛地抬起头，凯伊的脸有点儿微微发红，可是她迅速接着说：“噢，我知道你在想些什么。你没必要担心，我们只是好朋友，而且我们都有自己的工作要考虑。但是，他是我遇到的第一个可以真正和我讲些东西还懂我的人。”

通常都是这样开始的，盖里想着，敲了敲焖燃着的木头。

“我说的和你说的不是一回事。我的意思是……”

“我知道你的意思。”盖里回答道，她坐在自己的脚上，“你是在说一个家人以外的人，一个没有看着你长大、大家认为不完全了解你的人。这和我为什么喜欢艾米丽和玛丽·罗德是一个道理啊，我可以在任何时候把任何事情都讲给她们听。这样既不会伤害她们的感情，她们也不会把你说的事情与其他事情或者是她们在十个月之前说过或者是做过的事情联系起来。我懂的！”

“好吧，我就是这样的感觉。这也是为什么……”

一声持续很久的沉闷的汽车鸣笛声突然打破了沉寂。

“快听！”盖里说完，丢下了拨火棍，走到窗户前打开了窗子，“好像是山下有车出故障了。”

凯伊也走了过来。她们往路下面第一个拐弯处的两束忽明忽暗的车前灯望去，发动机一会儿停一会儿发动的声音显得格外刺耳。

“可能是尼尔。”凯伊说。

“尼尔几百年前就回来了。现在都十一点多了，而且听起来也不像是他的车啊。”

“好吧，我们没必要过去帮忙。盖里，我要去睡觉了。今天坐了很久的车我有些困了！”

但盖里还是一动不动地站在那里，向外看着。汽车又重新发动起来了，顽强地坚持了一会儿，然后倾斜着向前开动。它歪歪斜斜地摇晃着往上爬，发出“吱嘎吱嘎”的声音，但是仍坚持前行，直到最后完全爆发，一鼓作气地停在了盖里家的大门口。一个苗条的身影走了出来，盖里打开了前门，疑惑地看了一眼，然后就跑了下去。

“佩妮！”

“是我，我压根没有想到我能到家。我从出发就想到这山路肯定不好走。我是不是把整个村子里的人都吵起来了？”

“但是佩妮——凯伊，快过来！”盖里摇了摇那瘦小的人，确定自己不是在做梦，“你是说你学会了开车，然后自己一个人开车回来的？”

“每一步都是我自己开的。”佩妮用手指了指那辆破旧的廉价小汽车。车子上布满了一层灰尘，车轴里塞满了干掉的泥巴。透过车灯微弱的光能看到皱巴巴的挡泥板。“我们在那里花了四十美元买了这辆破车，佩吉说如果我想开着回家，那么这车就归我了，所以我就开来这儿了。我本打算悄悄地开回来，给你们个惊喜呢！看到天已经黑了，我只能停在山上了！车喇叭响是个意外，我一不小心靠在了按钮上。好吧，我一路走走停停穿越了半个国家，最终还是回来了！”

她们拥抱着，拉着彼此的胳膊仔细地盯着对方，然后又拥抱在了一起。

“你看起来很不错！”

的确如此。盖里把佩妮拉到屋里后，发现灯光下的佩妮有些脏兮兮的，头发也乱糟糟的，就像那辆布满灰尘的车子。虽然如此，她浑身被晒成了健康的棕褐色，卡其色的法兰绒T恤下是结实的肌肉，就连眼睛里也散发出新的自信的光芒。

“其他人呢？”

马丁早已从床上跌跌撞撞地爬了起来，他是被汽车的声音吵醒的。小卡洛琳也穿着睡衣慢慢地走了下来，她还半睡半醒呢！艾米丽·洪堡站在门口，健壮的身体穿着条纹睡衣，怀里抱着愤怒的阿莎贝拉，小家伙完全没有弄清楚这深夜造访的陌生人是谁，感觉她是从天而降的一样。大家带着困惑，立马你一句我一句地聊了起来。谁也没有在听谁说什么，除了佩妮回家这件事，再也没有什么特别重要的信息，直到佩妮突然说：

“你们的爸爸六月份会回来，而且会在家里待上几周。我之所以没有写信告诉你们，是他想等确定了再让我说。虽然他大部分时间都很忙，但是不管怎么样，他总算能抽出时间来陪我们了。”

“真的吗？噢，太好了！凯伊要出书了，你觉得怎么样？”

“你没开玩笑吧？凯伊，快让我看看你！告诉我发生了什么事！”

“明天我再告诉你，现在有好多别的事情要说。佩妮，我们都很想你！”

“如果要问我，我想说我不在的这段日子里，你们简直棒极了！”佩妮开心地环顾了自己熟悉的房子，在离开的这段日子，她对这里不知有多想念。

“但是，佩妮，那些信！”盖里突然想到了什么，“你究竟……”

“佩吉每四天寄一封信给你们。我让她把你们寄给我的信再转寄给我，这样我就知道你们安然无恙啦。”

“我还担心呢！你知不知道你让我们快疯了？”盖里说，“看完你的信，我们还以为你精神崩溃，或是发生了什么事又不想告诉我们呢。那些信完全不像是你写的，改天让你一封一封地读一下，你就知道了！”

“好吧，提前编信真的太难了，我还以为我已经编得不错了呢。然后我意识到我得给你们寄明信片，但是又不敢寄，所以只能收起来。今天，我经过纽约州一个小镇时，把所有的明信片都寄了出去。你们明天就能收到，有一捆呢。邮递员分邮件时肯定以为有人疯了。”

“事实确实如此。现在我们知道我们是遗传谁了！”

“我的良心非常自责，”佩妮坦白，“我觉得自己太自私了，瞒着你们自己玩得那么开心。这么多年来，我头一次做了自己想做的事情，什么也不用担心。我想停下来就停下来，想走就走，想在哪个奇怪的旅游营地睡就在哪里睡。我也不会停下来吃饭，除非我自己想吃了，也不会刻意跟别人说话。这段时间我过得简直棒极了！”

盖里点了点头。她比其他人更能体会佩妮的心情。这种长大的感觉——或者，有人真的长大了吗？

“好吧，我觉得我们会原谅你的。只是下一次……”

“不会有下一次了，”佩妮高兴地叹了口气，“我打算从现在开始，哪里也不去了。”

“我们本来打算整理好一切欢迎你回来呢，但是现在有点儿乱七八糟。你的窗帘还没有挂上，床也没有铺，唯一准备好的就是小卡洛琳做的盆景了，”凯伊大笑，“如果她没有再一次拆了的话！”

“我没有啊，就在那儿呢。我打算放进去一些新的紫罗兰呢。”

小卡洛琳自我感觉良好地看了看放在桌子上的小碗，里面放着苔藓和花，她可是一直坚持不懈地为它们操心呢。

“我们明天必须去上学吗？”马丁问。

“不，你们可以不去。但是现在必须去睡觉了。”佩妮跳了起来，“你们没有意识到现在已经是第二天了吗？我还没有把行李箱从车上拿下来呢！”

“我去拿手灯。”

他们站在门口向着静静的山里望去。夜晚的空气潮湿又温和，还带着春天泥土的气息。山谷下面的沼泽地里传来“呱呱”的声音，是青蛙们在欢快地唱着歌。马路对面，罗德家厨房的灯在盘根错节的苹果枝条间散发出微弱的光。

山上也有一盏灯，凯伊向上看了看，目光停留在了那里。她转身把胳膊环在了佩妮的手腕上，低声高兴地感叹：

“你回来真好！”

“回家真好。”

盖里伸出双手等着马丁把行李拿过来。那不是一个简单的动作，她感觉好像有什么东西从她的肩膀滑过了一样。这感觉有点儿像那天晚上她从黑暗中醒来，突然意识到寒潮已经过去了。那是一种说不清的感觉，一种安全而又舒服的感觉。现在，所有的一切都会好起来的。